現役プロ美少女ライトノベル作家が教える!

ライトノベルを読むのは楽しいけど、書いてみるともっと楽しいかもよ!?

林トモアキ
tomoaki hayashi

登場人物紹介
character introduction
アイミ・ロールシャッハ
ライトノベルを書いてみたい女子高生。素直で明るく前向きな性格。
モリナガ
全世界第一級図書館司書資格を有する図書館司書妖怪。ときどき口が悪くなる。
morinaga
aimy rorschach

京子サクリファイス
角川スニーカー文庫で活躍中のライトノベル妖怪。黒づくめ系美少女。
kyoko sacrifice
鳳凰堂如月
アイミの友人にして鳳凰流の退魔師。家の事情で少しお金に困っている。
kisaragi hoodo
くみぽん
美人で可愛く仕事もできる京子の担当編集者妖怪。編集部の命令で京子の言動を監視する。
kumipon
◆林トモアキ
角川スニーカー文庫で活躍中と京子が言い張るライトノベル作家。
◆角川スニーカー文庫編集部
本作りに対する誠実さを武器に黎明期よりライトノベル業界を牽引し続けるも、その歴史と伝統がときに足枷となって野心的試みには常に慎重であり、昨今の出版各社によるレーベル乱立に際しては遅きに失している感が否めないライトノベル編集部。

（編集部より意義あり!!）
→登場しない人物紹介

現役プロ美少女ライトノベル作家が教える！

ライトノベルを読むのは楽しいけど、書いてみるともっと楽しいかもよ!?

Season.1

EX.

Contents

この物語は
フィクションであり、
現実の新人賞が取れる
わけではありません
編

口絵・本文イラスト／春日歩
口絵・本文デザイン／沼田里奈

LIGHT NOVEL WO
YOMUNOHA TANOSHIIKEDO,
KAITEMIRUTO MOTTO
TANOSHIIKAMOYO!?

＊この物語は2012年6月～10月、
2013年8月～12月にかけて
ザ・スニーカーWEBに掲載されたものに、
書きおろしを加えて文庫化したものです。

＊この物語はフィクションです。
実在の作家、レーベルとはあまり関係ありません。

まえがき

ライトノベルを書くのは、意外と大変です。難しいことが多いです。
でも、そうではない簡単な部分もあります。
意識を切り換えようとかじゃなくて、家で寝っ転がって
頭にネコ乗せてても書けるとかそういう意味です。

スポーツではそうはいきません。
表に出たらネコは遊びに行ってしまいますからね。

なので、ネコと一緒でも楽しめるくらい簡単な趣味として、
よかったらライトノベルを書いてみましょう、書いてみると
意外と面白いかもしれないよ……という提案が、この本の趣旨です。

基本的に、全てフィクションです。
教えようというのにフィクションというのもなんですが、
別に講座ではありませんし、
ライトノベルなんてそれくらい適当でいい加減でもいいのだ……
という証左としてお楽しみ頂ければ幸いです。

Let's ラノベーティング！
林トモアキ

現役プロ美少女ライトノベル作家が教える! ライトノベルを読むのは楽しいけど、書いてみるともっと楽しいかもよ!?

林 トモアキ

角川スニーカー文庫

18487

現役プロ美少女ライトノベル作家が教える!

ライトノベルを読むのは楽しいけど、書いてみるともっと楽しいかもよ!?

Season.1

Season.1

第一話

羅延町《らのべちょう》五番街五。

普段《ふだん》は誰《だれ》も近付かない、深く静かな森の奥に、古風な洋館が一軒《けん》。

その一室ではロココ様式の家具に囲まれて、黒いセーラー服姿の、艶《つや》やかな黒髪《くろかみ》の少女が佇《たたず》んでいる。

「こんにちは。角川スニーカー文庫で現役プロ美少女ライトノベル作家として活躍《かつやく》中、ライトノベル妖怪《ようかい》の京子《きょうこ》サクリファイスです。そういう設定なのであまり突っ込まないように」

京子がいつものように紅茶を入れていると、ぱたぱたと元気な足音がやってきた。

「京子ちゃん、京子ちゃん」

「あら、アイミじゃないの」

勢い込んで入ってきたのは、学校帰りの白いブレザー姿。長い金髪《きんぱつ》にカチューシャがよく似合う、アイミ・ロールシャッハだった。

「今ちょうど紅茶を入れたところなの。アイミもいかが？」

「ピコー？」

「ピコー」

京子が手にしたパステルブルーのスチール缶《かん》に、アイミは眉根《まゆね》を寄せた。

「京子ちゃんの家って、あとどれくらいピコーのストックがあるの？」

「三万六千本くらい」

京子は新しく用意したティーカップに、よく冷えたピコーのストレートティーを注いで、ソファに掛《か》けたアイミに渡《わた》す。

「それで、今日は何のご用かしら？」

「それなんだけど、私もライトノベル書いてみたい！」

「あなたが？　なんでまた」

意外な申し出に目を丸くする京子。

アイミは少し恥《は》ずかしそうに切り出した。

「私の馬鹿《ばか》さ加減に痺《しび》れを切らした友達が、高校生なんだからしっかりしろと。そのためには活字を読めと」

「ふむ、ふむ」

頷《うなず》きながら京子は紅茶をすする。

「活字の入門書だって。ライトノベルを勧《すす》められて、読み始めてみたの」

「あら、感心」

「面白《おもしろ》いよ！　私も書いてみたい！」

「なるほど。とても良いことね」

「実は京子ちゃんはライトノベル妖怪でありながら、角川スニーカー文庫で書いてる、プロのライトノベル作家なんだよね」

「そういう設定ね」

京子はしたりと頷いた。

「と言っても、もちろん私はそれが本業というわけではないから。妖怪活動の片手間に、兼業《けんぎょう》作家としてのんびりやっているわ」

「あんまり売れてないんだね」

「うぐ……。いいのよ。私のような妖怪は、人間みたいにお金で困ることはないから」

講の1　プロットっておいしいの？

「そういうわけで現役プロ美少女作家、京子サクリファイス17歳が教えてあげましょう」

「お願いします、先生」

「先生は17歳。ふふふ……なんとなくエロいわね」

舌なめずりを一つしてから、京子は言った。

「それで。とりあえず何か書いてみたの？」

「まだ何も」

「あら」

「だって、書き方がわからないから教えて欲しいわけで」

きょとんとするアイミに、京子はこめかみを掻《か》きながら呟《つぶや》いた。

「まあ、いきなり書けるならこの小説のネタも無いし」

「でもハウツー本っていうの読んで、少し勉強してきたよ」

アイミは鞄《かばん》を膝《ひざ》の上に置くと、中から一冊のそのような本を取り出した。パラパラとページをめくり。

「ええと、プロットっていう、物語の設計図……まずはそれを作るんだよね？」

「うーん……そうね」

京子は、ぱっとした表情をしなかった。

「え？　違《ちが》うの？」

「いえいえ。もちろん、作った方がいいわよ。アイミは、プロットは作ってみたの？」

「まだ何も」

アイミは両手の平を上に向けて、首を横に振《ふ》る。

「あらら」

「だって、章を決めて、シーンの場所を決めて、時間を決めて、登場人物を決めて……なんだか、ごちゃごちゃしちゃって」

「まあ、本当はそのごちゃごちゃをスッキリさせるためのプロットなんだけどね」

苦笑《くしょう》する京子の言葉に、アイミはがっくりと肩《かた》を落とした。

国語の成績もよくないし、作文も苦手だし、そもそも頭も良くないし。

「う～ん、私じゃ向いてないのかなぁ」

「いいえ。それが一番よくないわ」

「えっ？」

少し真面目《まじめ》な京子の言葉に、アイミは顔を上げた。

「書きもしない内からやる気を削《そ》がれるようなことなら、初めからしないのが一番」

「えっと？　つまり……プロットは作った方がいいけど、なくてもいい？」

「そういうこと」

京子は優雅《ゆうが》にウースターのティーカップを傾《かたむ》けた。

「実際、私の信奉《しんぽう》する林《はやし》トモアキ先生なんて、高校生の頃《ころ》から短編くらいの小説を書いてはいたんだけどね。プロットなんて言葉を知ったのは、社会人になってからだそうよ」

「……誰？」

「馬鹿ーッ!!」

京子はテーブルを盛大にひっくり返した。

「サイケでエッジで超《ちょう》バッド!! あとがきという名の無法痴態《ちたい》でいやっほうしまくりな自《じ》称《しょう》ザ・スニの問題児をなぜか自称するあの林先生を知らないなんて問題外よっ!! あなたラノベの何を読んでライトノベル書きたいなんて言ってるの!?」

「フルメタル・パニック」

京子は散らかした応接室を粛々《しゅくしゅく》と片付け始めた。

(……平然と他レーベルの神作品持って来やがって……これだから最近の若い子はもう……)

「あ、ああ……えっと……一応、京子ちゃんと同じところで書いてるプロの人なんだね。ほら、どれくらいの経験者かによって、参考になるかならないか、決まると思ったから」

「いいのよ、別に。この小説は新人賞講座じゃないんだから」

途中《とちゅう》でめんどくさくなった京子はホウキとチリトリを投げ出し、妖力《ようりょく》でテーブルとテイーセットを元通りにした。

「とにかく、あなたよりは書いている……ということよ」

「私、まだ何も書いてないもんね」

「そういうこと。だからこの小説は、そんなアイミにモデルになってもらうことで……」

京子は再び椅子《いす》にかけ直した。

「読んでくれた人に、創作すること、表現することについて興味を持ってもらえたら……というのが、本来の趣旨《しゅし》ね。『こうすれば誰でも書ける！』みたいな教養講座ではないので、別窓でブラウザゲーでもしながら適当に読んでね」

「話は戻《もど》って……プロットが無くても、書けないことはないのかな？」

「ええ、特に短編（400字詰《じ》め50～100枚）くらいのお話なら。そこまで細かく物語の展開を書き留めなくても、どんな場所で、誰に何をさせたいか。頭の中で覚えておけるはずよ」

京子はじゃがりこの蓋《ふた》を開けながら、アイミの方へ視線をやった。

「で……アイミは、どれくらいの長さのお話を書きたいのかしら」

「うーん。とりあえず書いてみたいだけなんだけど。さっき京子ちゃんが言った、『短編』くらいなら簡単そう？」

「ええ。短くても、書く醍醐味《だいごみ》は充分《じゅうぶん》味わえるはずよ」

皿の上にあけたじゃがりこを二人で摘《つ》まみながら、アイミは質問する。

「でも短編くらいの長さのお話って、どんなお話？」

「そうね……」

京子は少し考えた後、テーブルの上にストライクウィッチーズのＢＤ—ＢＯＸをぽんと出してみせた。

「30分枠《わく》のテレビアニメ、１話分くらいかしらね。４００字詰め原稿用紙《げんこうようし》で、50～１００枚くらいで収まると思うわ」

「ああ、確かに……テレビアニメの今週分くらいなら、今週はどんな話だったか。だいたい覚えていられるね」

「でしょ。これを逆に考えると、テレビアニメ１話分のお話をどんどん要約すれば……短編１話分のプロットを作る練習になるかもね。でもその場合は、きっちりきっちり書き込まずに。特に印象的だった場面だけを箇条《かじょう》書きする感じでね」

「へー……」

「まあ。何年か作家としてやってきた、私個人の感覚だけどね」

「でもあんまり売れてないんだよね」

「うぐ……」

講の2　思い付いた？

「ん～……」

ティーセットを片付けたテーブルの上。

ルーズリーフの一枚に向かって、アイミは思い悩《なや》んでいる。

ああでもない？　こうでもない？

そんな中、京子は席を立ってテラスへ向かう。

「何より最優先されるのは、どのくらいの長さか、よりも……何を書きたいか。当然だけど、これが一番大事ね」

窓を開け、そよ風に黒髪《くろかみ》を揺《ゆ》らしながら……黄金《こがね》色のヴェールを被《かぶ》り始めた、夕暮れの森を眺《なが》める。

「書きたい話が短編で収まらないなら、いきなり長編でもよし。やる気を失うくらいなら、他《ほか》のことなんて。細かい、細かい」

「ん～……」

かれこれ三十分も経《た》っただろうか。

「ねえねえ、京子ちゃん」

「何か思い付いたかしら?」

「ううん。何か書きたいんだけど……なんだか、もうあるようなお話しか思い付かない」

「あるある」

優美に頷きながら、京子はテーブルまで戻ってきた。

「ちなみに、アイミが思い浮《う》かんだのはどんなお話?」

「『機動戦士ガンダム0083』みたいな」

「ああ……。ええ……。うん。把握《はあく》した。ちなみに、書きたいのはモビルスーツじゃなくて……」

「ソロモンよ、私は帰ってきたッッッ!!」

碧《あお》い瞳《ひとみ》をキラキラと輝《かがや》かせるアイミに、京子は一つ頷いた。

「ああ……ええ、うん。それじゃあ、ちょっとパクってみましょうか」

「え? パクリはいけないよ?」

「もちろん、丸ごとパクるのはいけないわ。だから、〝ちょっと〟パクるだけ……語感が気になるなら、世間一般《いっぱん》で言うオマージュやリスペクトでもいいわ」

指を顎《あご》先に当てて、アイミが首を傾《かし》げる。

「じゃあ……ちょっとって、どれくらい?」

「かっこよくアトミックバズーカをぶっ放すところにしましょうか。あなたはそこが一番書きたいのよね？」

「うん」

と頷《うなず》くアイミを、京子は指差した。

「ほら、目標が決まったわ」

「えっ」

「書きたいことが決まったでしょう？」

「うん……それは、そうだけど。いいの？」

「ええ。何もわからなかったら、一番書きたい場面。とりあえずは、そこをクライマックスの見せ場に決めてみましょう」

京子はパチリと指を鳴らす。

「じゃあ、その見せ場までストーリーを持って行くには、どうしたらいいかしら。とりあえず、何か争っているような設定が必要なんじゃない？」

「あ……そうだね。平和な設定だったら、バズーカいらないよね」

「ほら、バックストーリーも決まったわ。戦争モノなら宇宙空間じゃなくても、地上戦でも、洋上艦隊《かんたい》決戦でもいいわよね」

「うん、うん！　そういうのも面白《おもしろ》そう！」

「極端《きょくたん》な話。派手な爆発《ばくはつ》を書きたいだけなら、アトミックバズーカを魔法《まほう》なんかに置き換《か》えれば……」

「ファンタジーにもなるね！」

要領がわかったように手を打つアイミに、京子は我が意を得たりと頷いた。

「でもそうなると、ガンダムやガトー少佐《しょうさ》は不自然よね」

「パイロットじゃなくて、魔法使《まほうつか》いにしなくちゃ！」

「ええ。そして核魔法《かくまほう》なんて撃《う》つくらいだから……」

「やっぱり、ガトー少佐のように芯《しん》の強い性格のキャラクターでいいかな？」

「やむを得ない事情でその役を押し付けられた、気の弱いキャラクターかも知れないわ」

アイデアをルーズリーフに書き取りながら、アイミは表情を輝かせる。

「でもこうなったらもう、0083と全く関係なくなっちゃうね！」

「でしょ？　バズーカをぶっ放す、という場面は0083のパクリでも……そこから思い付いた世界は、全《すべ》てあなたのオリジナル。どんなキャラが、どうして、どのように爆発させるのか……ほら、これだけの要素があれば一つのストーリーよ」

講の3　2W1H1D（Who Why How ドカン）

「ガトー少佐は……、連邦《れんぽう》から盗《ぬす》んで、爆発させたよね。魔法使いが……戦いに勝って、爆発させたとか……」

アイミは思い付いた端《はし》からアイデアを書き留めていくものの、途中で筆が止まってしまった。

「……うーん。なんかありがち」

「あら、そんなこと言ってはいけないわ」

と、京子がリンクスⅡから顔を上げる。

「えー？　でも、よくあるような話を書いてもつまらないよ」

「じゃあ、そもそもそれはどんな戦いかしら？」

「どんな、って……うーん……」

「ほら、決まっていないんでしょう」

京子はリンクスⅡのバイザーを畳《たた》むと、続けて言った。

「戦いに勝つなら、まずは戦う敵が必要ね。ファンタジーなら、魔法使いの敵は、ナイトかしら。ドラゴンかしら。戦ったとして、勝負の決着はどう付くのかしら？　小説、映画、マンガ、ゲーム、アニメ……なんでもいいわ。あなたが今まで見聞きしてきた中で、印象的だった場面はないかしら。そしたら、その名場面からまたちょっとパクってみましょう」

「あれ……そしたら、またガトー少佐の繰《く》り返し？」

「そういうこと。極論、話の骨組みはそれだけで充分《じゅうぶん》できるの。もちろん、骨組みは骨組みであって……それだけでは埋《う》めきれない空白もあるでしょうけど。その空白を埋め合わせて、肉付けしていくうちに生まれるのが、あなただけのオリジナリティ」

「オリジナリティ……」

「そう。長い人生、誰《だれ》もが同じものを見聞きしているわけではないし、同じものを見ても、受け止め方はその人が歩んできた人生、それによって培《つちか》われた感性によって十人十色。それをさらに、自分の言葉というフィルターにかけてアウトプットするんですもの。ちょっとパクるだけなら、そうそう同じような話になんてならないものよ」

「そうなんだぁ……」

「アイミのように、とにかく書いてみたい！　でも、まず何から手を付けたらいいのかわからない……というような場合は、方法の一つとして試《ため》してみてね。何もせず諦《あきら》めて投げ出すくらいなら、開き直ってどんどんパクってみましょう。書きたいと思い立ったのなら、創作の楽しみを知らずに投げ出してしまうのはもったいないと思うの。いっそオマージュなんて言わずに、好きな作品の設定やキャラをそのまま使ってしまえば、それはそれ。二次創作として、また新たな楽しみが見付かるかも知れないわね」

「そっかー。同人活動も、みんな楽しそうだよね」

「ね」

京子は頷き、アイミのルーズリーフを見た。

書いては消しての繰り返しの中、幾《いく》つかのアイデアが単語という形で散見する。

ライトノベル妖怪《ようかい》である京子からすれば、それはまるで宝石がちりばめられているようにも見えるのだった。

「どうかしら？　そろそろ、イメージは摑《つか》めてきたかしら」

「うん！　アニメ一話分くらいの小説……書けるかも！」

「あら、良かったわ。展開の都合とはいえ才能があるのかしら」

「言われてみれば○○ゼミのマンガみたいだね！」

「まあ、それをリスペクトしたりオマージュした上でできたのがこの小説だしね。じゃあとは、プロットを作ってみるも良し。いきなり本編を書くも良し」

「うん。でもせっかくだから、私はこのプロットを書く方を選ぶよ！」

アイミは赤いバインダーを天高く掲《かか》げてみせた。

「短いから、簡単そうだし……できたら、京子ちゃんに見せに来るね！」

「ええ、楽しみにしているわ」

講のまとめ

京子は手を後ろに組んだまま、テラスへ出た。

「さて、アイミは笑顔《えがお》で帰っていったわ。今日の話をまとめると、作れないものを無理に作る必要はないということね」

振《ふ》り返って一言。

「無理なものは無理」

けだし名言と感じ入り、京子は一人頷く。

「ではまた次回」

Season.1

第二話

講の1　プロットとはなんぞや、とそのたマイケルに。

羅延町《らのべちょう》五番街五。

普段《ふだん》は誰も近付かない、深く静かな森の奥に、古風な洋館が一軒《けん》。

オールドローズに囲まれた東屋《あずまや》の中、セーラー服姿をした、艶《つや》やかな黒髪《くろかみ》の少女が佇《たたず》んでいる。

「こんにちは。ライトノベル妖怪の京子《きょうこ》サクリファイスです。自らも角川スニーカーレーベルで執筆《しっぴつ》する傍《かたわ》ら、林トモアキ信者をやっています」

「そっちが本業なんだ……？」

声に京子が振り返ると、近所に住む女子高生のアイミ・ロールシャッハがルーズリーフ片手に立っていた。

「そんなことよりプロット作ってみたよ！」

「あら、とりあえず第一歩ね。じゃあさっそく見せてもらおうかしら」

『タイトル　マリアとらいあんぐる
1・主人公マリアは何をやってもダメな女の子。
2・お友達の魔法使《まほうつか》い、アイリスの家から魔法の道具を拝借。
3・お友達の科学者、パティからそれがバズーカだと聞かされる。
4・東の神殿《しんでん》でお友達の巫女《みこ》、レミーとの激戦。
5・マリアのキノコがアトミックバズーカ。』

「どうしてこうなったッ!?」

「あ……。やっぱり、だめ？」

思わず叫《さけ》んだ京子に、アイミは不安たっぷりに聞き返した。

「あ、いや。今のは、ストーリーの展開についてであって」

「プロットとしては？」

「超《ちょう》オッケー」

「いいんだっ⁉」

親指と人差し指で輪を作った京子に、今度はアイミが叫び返す番だった。

自分でもいい加減だと思っていた分、驚《おどろ》きも倍増しようというものだ。

「先回、プロットは物語の設計図だって言ってたわよね？」

「うん、そういう風に本に書いてあったし」

「でも設計図は、それを作る人が見るためにあるもの。だから、書いた自分さえわかれば
それで問題ないのよ。これについては、ハウツー本にも書いてあるかも知れないけど……

綺麗《きれい》なプロットのお手本はあっても、実際にどこまで簡単に書いていいのか、という実例
はあまりないでしょう？」

アイミは自分のプロットを見ながら頷《うなず》いた。

「うん。私もこれ、思い付きで書いただけだったけど……いいの？」

「いいのよそれで。大切なのは、面白《おもしろ》いと思ったときの、その勢い。だから問題ないわ、
これでも」

「ふーん。なんだ、難しく考えて損しちゃった」

ほっとするアイミを微笑《ほほえ》ましく見詰《みつ》めながら、京子はピコーのプルトップを引き起こし
た。

「実際……私や林先生のレベルになると、これくらいのプロットがあれば短編じゃなくて文庫一冊分書けるわ」

「ほんとに⁉」

「……まあ、本当にこれを元には書かないけど」

「口だけ大明神」

ぼそりとしたアイミの声。

しかし恐《おそ》るべきライトノベル妖怪《ようかい》がそれを聞き逃《のが》すはずもない。京子は音もなく一冊の文庫本を取り出した。

「角川スニーカー文庫スニーキングアタ――ック‼」

「ひぎぃい⁉　ごめんなさいごめんなさい！」

ライトノベル妖怪の文庫攻撃《こうげき》に、アイミはボロボロになりながらひとしきり謝った。

「わかればいいのよ。でも普段林先生が担当編集者に上げるプロットも、短編ならこれくらい簡単なもの、ということだけ紹介《しょうかい》しておくわね」

「へー、そうなんだ……。京子ちゃんは？」

「私はプロットなんていちいち書かなくても、全部頭の中に入ってるから」

京子は肩《かた》に掛《か》かった美しい黒髪を搔《か》き上げ、二人分のティーカップに缶《かん》を傾《かたむ》ける。

「別に、書けないとか、書き方を知らないとか……だから教えたくても教えようがないとか……」

紅茶を注いだティーカップを自分に一つ、アイミに一つ。

そしてニッコリ微笑んだ。

「……そういう不純な理由じゃないのよ？」

「あ……。うん。はい」

アイミはコククコク頷いてから、コクコク紅茶を飲んだ。

いつもと変わらぬピコーストレートティーの爽《さわ》やかな風味と甘みが、口いっぱいに広がっていく。

そうして京子がその日のお茶請《ちゃう》けに開けたのは、ハッピーターン。

「前回から通して、ここで何が言いたいかというと……大切なのは、立派なプロットは絶対に必要なものではない、ということ」

優雅《ゆうが》にティーカップに口付けしてから、京子は続ける。

「アイミみたいにハウツー本を最初に読んでしまって、『まずプロットありき』、みたいになって行き詰《づ》まっている人は……もっと気楽にいきましょう」

「そっかー。楽しく書きたいのに、楽しくないことで行き止まりじゃあ、つまんないもんね」

「ね」

英国人も愛した薔薇《ばら》の香《かお》りと紅茶の香り。

そして全《すべ》てを幸せにするハッピーパウダー。

「むしろキャラクター設定や世界観を固める延長線上で、ついでにストーリー展開や構想を思い付いたときの覚え書き……ぐらいの感覚で、ささっと書き留めてみましょう」

ハッピーターンをさくりとかじってから、京子は改めてアイミのルーズリーフを手に取った。

「さて。とりあえずアイミの場合は……


1で、主人公の登場と紹介。

2で、キーになるアイテムの入手。

3で、協力者からの情報収集。

4で、敵キャラとの出会いと開戦。

5で、決着と物語の締《し》め……。


これだと丁度、1場面（1イベント）につき10枚使って、50枚〜といったところかしら。短編にぴったりね」

「1場面につき10枚が、目安なの？」

「そう杓子定規《しやくしじようぎ》に考えなくてもいいけど、場面も変わらず会話しているだけで20枚……とかになると、意外と長いわよ。10枚くらいを目安に、スパッと場面を切り替《か》えるぐらいだと、書く方も、読む方も、テンポ良く楽しめると思うわ。……まあここら辺は、実際に何度も書いてみないとわからない感覚かもね」

「へー。じゃあ私はなんにもわからないから、最初はそれくらいで書いてみるね！　完成したらまた持ってくるよ」

「ええ、楽しみにしているわ」

元気に帰っていくアイミへと小さく手を振《ふ》った京子は、その姿が見えなくなってから振り返った。

「この小説を読んでいるみんなも、もし良かったら……この『アイミプロット』を元に、短編小説に挑戦《ちようせん》してみてはいかが」

白魚のような指先には、妖力《ようりよく》で写し取ったアイミのルーズリーフが1枚。

「もちろん前回の通り、登場人物はこれに固執《こしゆう》することもないし。たとえばメタルギアソリッドなら……

1、スネーク登場。ステルススーツで移動しながら状況《じようきよう》説明。

2、テロリストのアジトに潜入《せんにゆう》、アイテムを入手。

3、オタコンに調べてもらったら、未知のメタルギアのパーツと判明。
4、それを取り返すためにオセロット、未完成新型メタルギアに乗って登場、戦闘《せんとう》。
5、決着、物語のシメ……。

と、読《よ》み替えることもできるわね」

京子はルーズリーフをテーブルに置き、ソーサーとティーカップを手に取る。

「ボーカロイドや、アイドルマスターや、東方作品や……いろいろ、自分の好きな作品を当てはめて工夫《くふう》してみるのもいいかもね。こんなトンチキな小説なので、ライトノベルの練習だけでなく……動画や同人作品のネタでもなんでも。何かティンと来るようだったら、自由にアレンジして楽しんでみてね」

ピコーを一口飲み。

「ま……なんたってライトノベルという、この趣味《しゅみ》。お金がかからないのが素敵《すてき》よね」

講の2　書いてみた!

数日後……。

「完成したよ！　私の初めての小説！」

「あら、すごいじゃない」

応接室で、ＰＳＰから顔を上げた京子は優美に微笑《ほほえ》んだ。

アイミはそんな意外な言葉に瞬《まばた》きする。

「そうなの？　書いただけだけど……」

「断言するわ。お話を一本考えて、しかも形にするっていうのは、かなりすごいことよ。普通《ふつう》、あなたの周りにそんな人いないでしょ？」

「そう言えば、お父さんもお母さんも小説なんて書いてないし……学校でも、文芸クラブの人たちくらいかも」

「そういうこと。自信を持っていいわよ」

「うん！」

元気いっぱいに頷《うなず》くアイミから、京子は原稿《げんこう》の束を受け取った。

「じゃあアイミの初めて書いた小説、さっそくだけど読ませてもらうわね」

「読んでみて！」

「どれどれ……」

アイミが期待と不安の入り混じった眼差《まなざ》しで見守る中、京子は原稿を一枚一枚、ゆっくりとめくっていく。

「へー、なかなかうまいじゃない」

「ほんと!?」

「ええ。表面上は気の強い主人公の、ちょっと駄目《だめ》な描写《びょうしゃ》とか……魔法使《まほうつか》いや科学者の性格も、個性的に表現してあるわ」

京子はさらに読み進める。

「さて、いよいよ見せ場ね。神殿《しんでん》でのクライマックスは……」


「はぁ、はぁ……もう、駄目マリアなんて呼ばせない！　レミー！」

「くぅっ、はぁ、あっ、マリアっ……！」

「これで……これで終わりよっ！　アトミックバズーカーっ!!」

「あ、中は駄目よマリアっ！　ああっ、駄目っ！　もう、私、イッ――!!」


「どうしてそうなったッッッ!?」

京子は原稿を持ったまま、椅子《いす》を蹴《け》って立ち上がった。

「え？　つまんなかった？」

「いや、え、ちょ、つまりその……中、って」

「外側で爆発《ばくはつ》させると、力がみんな大気中に逃《に》げちゃうけど、内側でね。塡塞《てんそく》っていう詰《つ》め物をしてから爆発させると効率よく……」

「キノコで塡塞したんですね、それはわかります」

「そう！　さすが先生！　知識がないと難しいネタだった？」

「いや、有り体《てい》に言ってそういうことを聞いてはいない」

「大丈夫《だいじょうぶ》。魔法《まほう》の力的な話だから、レミーはバラバラになったりしないよ。なんていうか、頭の中が真っ白に弾《はじ》けるような感覚を、爆発《ばくはつ》と……」

「いや、いいから」

京子は椅子にかけ直すと、紅茶を一口飲んで気を落ち着けた。

アイミは、食い入るような瞳《ひとみ》でそんな京子の姿を見詰《みつ》める。

「で……、どうだったかな？」

「気になる？」

「それは、気になるよ」

「じゃあ、今度は少なからず個人の趣味を逸脱《いつだつ》することになるわよ」

思ってもみない言葉に、アイミは目を丸くした。

自分はただ、書いてみたいから書いただけの話だったけど。

「……どういうこと？」

「一生懸命《いっしょうけんめい》作った作品を、面白《おもしろ》い……と言ってくれる人もいれば」

「そっか。つまらない……という人もいるかも知れないね」

「そういうこと」

京子は真摯《しんし》に頷いてみせる。

「前に編集長から聞いた話を借用すると……『作家は作品に少なからず自分自身を投影《とうえい》しており、その作品を否定されるということはその作家という人間自身が否定されることに等しい』……だそうよ」

「うう……。作品を通り越《こ》して、自分が傷付く？」

「そういうことね。これはどれだけ神経が太い人でも、かなり辛《つら》いことよ。繊細《せんさい》な人だと、それだけで創作活動が嫌《いや》になってしまうかも知れないわ」

脅《おど》かすような言葉に、アイミは少し尻《しり》すぼみになった。

しかし一方でこうも思う。

「でも京子ちゃん……みんながみんな『ドラえもん』みたいな、誰《だれ》にでも好かれる話を書けるわけじゃないよね？」

「ええ。そしてそれでも、世の中には創作活動を楽しむ人がたくさんいるわね。みんな妖《よう》怪《かい》並みに神経が図太いのかしら？　もちろんそんなことはなくて……」

京子は真っ直《す》ぐにアイミを指差す。

「いま、アイミが期待しているとおりのこと」

「面白い……って、言ってもらいたい？」

「そう。面白いというたった一言だけど……断言するわ。はっきり言ってね」

京子は万感《ばんかん》を込めて言った。

「これはもう、麻薬《まやく》よ!!」

「ダメ、ゼッタイ」

だが京子サクリファイスという人ならぬモノは、そんな人の世の決まり事を妖艶《ようえん》に嘲笑《あざわら》った。

「でもねアイミ？　脳内麻薬の分泌《ぶんぴつ》を取り締まる法律はないのよ？　十回の悪評の内、一回の『面白かった！』があれば続けられる……これが創作活動の魅力《みりょく》で、魔力《まりょく》。一回味わったらもうアウツ。合法ドラッグ、ここに極《きわ》まれり。キマってるときはマジで半日が一時間くらいの感覚で過ぎるわよ？」

「難しいことはわかんないけど……書いてるときは、確かに時間が経《た》つの忘れたよ。楽しかった」

生まれて初めての創作活動。

アイミが素直《すなお》にその感想を述べると、京子もいつもの悠然《ゆうぜん》とした微笑に戻《もど》った。

「そう。じゃあ、あなたには充分《じゅうぶん》な才能があるのね」

そして読み終わった原稿の角を揃《そろ》えて、アイミに手渡《てわた》す。

「私もあなたのこの小説、面白かったわ」

「ほんと⁉」

「ええ。初めて書いてこれなら、及第点《きゅうだいてん》以上。自信を持っていいわ」

アイミは自分手製の原稿を抱《だ》き締《し》め、また微笑む。

「うふふ。じんわり嬉《うれ》しい」

「でしょう。その喜びも創作活動の楽しみの一つ。ある意味、表現することの本質なのかも知れないけどね」

小躍《こおど》りするようなアイミを見ながら、京子は紅茶をまた一口。

「さて……、アイミはこれからどうする？　また新しい作品を書いてみるのもいいし、他《ほか》にライトノベルに興味がありそうな人がいたら、その人に読んでもらうのもいいかもね」

「うん！　じゃあ本の好きそうな友達に見てもらってくるよ！」

京子は、今まで以上に嬉しそうに帰っていくアイミの姿を見送ってから、ふと振り返った。

「あ……、言い忘れたけど、別に性的なお話ってわけじゃなかったからね？　レミーの言う『中』っていうのが、どこのナカなのか……状況《じょうきょう》描写《びょうしゃ》が足りなかっただけでね？」

講のまとめ

京子はテラスの手すりにもたれ、夕日を浴びる。風に揺《ゆ》れる黒髪《くろかみ》が、さらさらと輝《かがや》いていた。

「……とりあえず、アイミは創作活動を好きになってくれたみたいね。この小説を読んでいる人の中でも、身近にこういうことを頑張《がんば》っている人がいたら。その作品の感想として……創作活動への姿勢だけは、是非《ぜひ》、応援《おうえん》してあげてね」

それから一つ、頷いて。ゆったりと微笑んだ。

「現時点で、ライトノベルを書いているんだけど……という人。アイミみたいにうまくいかなくても、そのお話を考えているとき、書いているとき。楽しんでいるのなら、充分すぎるほど勝ち組よ。気楽に楽しみましょう」

姿勢を変えて、森の木陰《こかげ》に目を移す。

「もし、そうじゃなかったら……無理することはないわ。スポーツでも、ゲームでも、ネットでも、あなたが楽しいと思えることをやりましょう。ひょっとしたらその中で、何か他の人に伝えたいこと……自分というフィルターを通して表現してみたいことが、見付かるかも知れない。それこそが、本当の意味でオリジナルな話のネタ……だと、私は思うから」

今日も日が暮れていく。

「みんなで、脳内麻薬ジャンキーになりましょう？　それではまた次回」

Season.1

第三話

羅延町《らのべちょう》五番街五。

普段《ふだん》は誰も近付かない、深く静かな森の奥。

セーラー服姿をした艶《つや》やかな黒髪の少女が、切り株の上に佇《たたず》んでいた。

「こんにちは、ライトノベル妖怪の京子《きょうこ》サクリファイス17歳です。比良坂初音《ひらさかはつね》や羽衣《はごろも》狐《ぎつね》のような超《ちょう》美人お姉様系を想像してもらえれば充分です」

燦々《さんさん》と降り注ぐ木漏《こも》れ日の下、京子はお気に入りの切り株の上にクロスを広げ、お気に入りのティーセットを用意した。

「羅延町では前回の話から、少し日数が経過したわ。それに伴《ともな》って、アイミの意識がちょっと変わったみたいね」

京子の姿を見付けた一人の女子高生が、手を振《ふ》りながら駆《か》けてくる。

「……あら、噂《うわさ》をすれば」

「京子ちゃん京子ちゃん！」

「こんにちは、アイミ」

　息せき切って走ってきたアイミは、勢いのまま京子へと詰め寄った。

「ライトノベル作家になりたい！」

「そうなの？　なんでまた」

「私、ライトノベル好きだし。本になれば、もっとたくさんの人にも読んでもらえるし。お金がもらえれば、家計も助けられるし……どうかな？」

　ピコーのプルトップを引き起こしながら、京子は言った。

「ま……、創作活動に携《たずさ》わる者なら誰しもが憧《あこが》れる。それがプロデビューね」

「うん。プロになりたい」

「そう。応援するわ」

　あっさりとした肯定《こうてい》の言葉に、アイミは瞬《まばた》きをするばかり。

「……？　それだけ？」

「ええ」

「辛いから大変だよ、とか。やめておいた方がいいよ、とか」

「みんなには何か言われたの？」

「特に言われなかったけど、生あったかい目をされた」

「あ〜……」

そんな様子を想像しながら、京子はソーサーに載《の》ったティーカップを一つ、いつものようにアイミへ差し出した。

「京子ちゃんはプロのライトノベル作家だよね」

「そうね」

「アドバイスとか、忠告とか、ない？」

「しましょうか？」

「うん」

頷《うなず》いて、アイミはよく冷えたピコーをすする。

「と言っても、この小説は別に新人賞講座ではないし……特に今回は、私の経験と感覚に基《もと》づく雑談みたいなものだから。受賞のテクニック的なことなんかを知りたい人は、ハウツー本を読んでね」

「そうなんだ？」

「そう。で、結論から言うと」

「言うと？」

「じゃんじゃん目指すといいわ」

その日の京子が選んだお茶請《ちゃう》けは、チップスター。

「スポーツ選手を目指すみたいに練習施設《しせつ》を探すこともないし。ミュージシャンみたいに高価な楽器がいるわけでもないし。それに比べたら、ラノベ屋を目指すなんてタダ同然。原稿《げんこう》の印刷にプリンターがいるけど……今の時代だったら、大抵《たいてい》のご家庭にあるんじゃない？」

「あ、それだったらうちにもあるよ」

「でしょ？　もし持ってなくても、モノクロで印字するだけのことだから……リサイクルショップなんかで、随分《ずいぶん》安く手に入るんじゃないかしら？」

「そもそも、どうやったらプロになれるの？」

そうね、と相槌《あいづち》を打ってから、京子は言った。

「大抵、ライトノベルを出版してる出版社が、新人賞というものを公募《こうぼ》してるから。要項《ようこう》に沿った形の原稿を、要項の通り送り付けてやればいいわ。角川スニーカー文庫とかね」

「私の読んだハウツー本にも書いてあったけど、やっぱりそれが普通《ふつう》なんだね」

「ええ。ちなみに私の崇拝《すうはい》する林トモアキ先生は、社会人になるまで作家のなり方がわかりませんでした。出版社で面接とかあると本気で勘違《かんちが》いしてました」

「うわあい」

アイミは両手を挙げてバンザイした。

「そんな人でも受賞できるんだったら、私でもプロになれそうな気がしてきたよ」

「そうそう、その意気。賞なんてご大層なこと言ったところで、所詮《しょせん》そんなものよ。詳《くわ》しいことは、雑誌やネットで調べればいいし。創作は楽しむためのもの。あんまり気負い過ぎずに、ぽーんと、何かの片手間に送り付けてやりましょう」

京子はチップスターを、アヒルのクチバシ状にして食べながら頷いた。

「というわけで話の都合上、妖力《ようりょく》を使ってノートパソコンを取り出しました」

講の1　レーベルいろいろ。

「『ライトノベル』『新人賞』……で、グーグル先生に聞いてみるね」

そして0・08秒が経過した数分後。

「……京子ちゃん。いっぱいあってどこに応募《おうぼ》していいかわからないよ」

「じゃあ角川スニーカー文庫で決まりね」

「でも他にも富士見ファンタジア文庫とか、電撃《でんげき》文庫とかいろいろあるけど……」

「たとえば……好きな作家の書いているレーベルに応募して、受賞できたら。その先生に会える機会もあるかもね」

「ふーん、そっかぁ……そんな基準でもいいんだ」

「ええ。だから私と林先生がいる角川スニーカー文庫に応募するのが世の真理よね。この小説を読んでいる時点で確定。他《ほか》のレーベルにうつつを抜《ぬ》かすような輩《やから》には私、京子サクリファイスがスニーキングアタックしに行きます。もちろんスニーキングなのであなたの目には私の姿が捉《とら》えられず、あなたがどれだけドMだろうとただ不幸が起こったようにしか思えないので悪《あ》しからず」

「ああ……ええと……、とりあえず見るだけならタダだし……」

アイミはバリバリと妖気《ようき》を発する京子の方を見ないようにしながら、サイトの閲覧《えつらん》を続けた。

「ぶっ⁉」

一緒《いっしょ》に画面を見ていた京子が、突如《とつじょ》紅茶を噴《ふ》き出した。

「どうしたの京子ちゃん？」

「ちょっと、そこの今年度の応募者数っていうの……何よ、3000人オーバーって」

「本当だ。他は600人とか800人くらいだけど、このレーベルはすごい応募者数だね。この中で賞を取るって大変そう」

口元をハンカチで拭《ふ》きながら、京子が唸《うな》る。

「そうねぇ……今回は林先生の持論である『倍率なんて関係ねえ。面白《おもしろ》きゃ賞は取れんだよ』、というのをまとめに言おうと思ったんだけど。これを見ると、さすがにそうも言ってられないわねえ。知らないうちに、ラノベ業界も恐《おそ》ろしいことになったものだわ」

「……京子ちゃんが賞を取った頃《ころ》は違《ちが》ったの？」

「私はともかく、林先生が応募して受賞したところは応募総数180人くらいでした」

「倍率なんて関係ねえ（）笑。また口だけ大明神だね」

「スニーキングアターック!!」

「ひぎいいっ!!」

講の2　特典もいろいろ。

アイミはさらに閲覧を続ける。

「選考の途中《とちゅう》経過の発表とか、評価シート？　なんていうのもあるね」

「そうみたいね」

京子の言葉が素《そ》っ気ないので、アイミは首を傾《かし》げた。

「あれ……何か説明はないの？」

「私や林先生の頃はそんなの無かったから、羨《うらや》ましいとしか言えないわね」

「そうなんだ？」

「応募したらそれっきり。一次選考も二次選考もすっ飛ばして、ある日突然《とつぜん》、雑誌上で

『受賞者発表！』みたいな。何が『！』よ。こっちが『⁉』よ。色々な意味で」

京子はアイミと一緒に画面を覗《のぞ》き込む。

「評価シートというのは応募作品の良かったところ、悪かったところを……わかり易《やす》く示して返してくれるのかしら？　それなら確かに、そのときは賞を逃《のが》しても次回作を改善する糧《かて》になるし。そこまでしっかり読んでもらえるなら、またこのレーベルに応募してみよう……という気持ちにもなるわよね」

「え？　普通はしっかり読んでくれないの？」

「いえいえ。編集者も活字好き、読み物好きの、しかもプロですもの。埋《う》もれた金の卵を見逃《みのが》さないよう、目を皿のようにして読んでくれるんだけど……」

京子は過去の時代を思い出しながら腕組《うでぐ》みする。

「何度応募しても受賞できなかったり、それなのになんのリアクションもなかったら？」

「そっか。ちゃんと読んでもらえているのか、不安になっちゃうね」

「ええ。疑心暗鬼《ぎしんあんき》になったりしても、仕方ない。同じ書き手として、間違《まちが》いなくそれは思うわね。前に『創作は自分自身を表現する』って話を紹介《しょうかい》したけど……精魂《せいこん》込めて表現した自分自身を、ノーリアクションでスルーされたら？」

「すごく悲しいね」

「ええ。だから評価シートというのは、素晴《すば》らしいアイデアだと思うわ」

二人はさらにサイトを読み進めた。

「賞を取ったときにもらえるものも、色々あるんだね」

「そうみたいね。トロフィー、盾《たて》、賞状……さまざまね」

「副賞の賞金も、いろいろ違うみたい」

「そうね。この大賞300万円とか、恐ろしいわぁ。金銭感覚が崩壊《ほうかい》しそうな額面よね。ちなみにあるレーベルでは、編集部の全員が賞金の支払《しはら》いのことを忘れてて受賞者から言われて気付いたなんてこともありました。あ、もちろんこの小説はフィクションだけどね」

そのとき、森の枝葉から降り立つ影《かげ》一つ。

「やはり貴様の仕業《しわざ》だったのか」

「え？」

京子が振《ふ》り返ると、そこにアイミと同じ制服姿の少女が立っていた。

目付き鋭《するど》く、日本刀片手に歩み寄ってくる。

「あ、如月《きさらぎ》ちゃん」

「大丈夫《だいじょうぶ》だったか、アイミ。最近一緒に遊んでくれないと思ったら、こんな魔窟《まくつ》に囚《とら》われていたのか」

「失敬な。ちゃんと羅延町五番街五って立派な住所があるのよ」

「五番街五なんて住宅地のど真ん中にこんな閑静《かんせい》な森林地帯がある辺りが魔窟だと言うん

だ！　古来、羅延の地を守る鳳凰《ほうおう》の退魔《たいま》師として、私の友人に手を出すことはまかりならん！」

如月は日本刀を抜き放ち、上段に構えた。

「鳳凰流奥義・必殺！　妖怪断裂斬《ようかいだんれつざん》!!」

京子は一冊の文庫本を取り出した。

「小学館ガガガ文庫ガガガファイアー!!　ががが―っ!!」

如月は紅蓮《ぐれん》の炎《ほのお》に包まれながら言った。

「なぜ本が火を噴いた」

「そういう設定なので。危ないからみんなは真似《まね》しないでね」

「だ……大丈夫、如月ちゃん？」

一度倒《たお》れた如月だったが、アイミに肩《かた》を貸されてよろよろと立ち上がる。

「も、問題ない。ちょっと焦《こ》げただけだ……それよりアイミこそ、この妖怪に、へ、ヘンなことはされなかったか……？」

「あんたは赤い顔で妖怪をなんだと思っている」

真顔で言う京子へ、如月は言い返す。

「黙《だま》れ妖怪風情《ふぜい》、話は全《すべ》て聞かせてもらったんだぞ」

京子は首を傾げた。

「話？」

「そうだ！　元手ゼロで賞金３００万円だなんてうまい話あるはずがない！　カくカかないなどと言っていたが、何の大会だ!?　まるでどこかのラグビー部みたいじゃないか！」

「**そんな生臭《なまぐさ》い話はしていない**」

「大会じゃなくて、新人賞だよ如月ちゃん。私は京子ちゃんからライトノベルのことを聞いていただけだよ」

講の３　生々しい話。

アイミからこれまでの経緯《けいい》を説明された如月は、食い入るようにノートパソコンの画面を見詰《みつ》めていた。

「なるほど……。つまりその賞を取れば３００万円もらえてあとは印税ガッポガッポ、メディアミックスばんばんばんの、版権商売で左団扇《ひだりうちわ》な殿様《とのさま》暮らしというわけか……」

「如月ちゃん、お金目当てはきっとよくないと思うよ」

「あら、いいと思うわよ別に」

「いいのかっ!?」

「いいんだっ⁉」

思いっきり振り返った二人に、京子は優雅《ゆうが》に頷《うなず》く。

「きっかけは何であれ、賞を取れるほどの作品なら、読者にとっても面白《おもしろ》い作品でしょうし。一度面白いと言われてしまえば、如月のような金の亡者《もうじゃ》でも表現する喜びに目覚めて、脳内麻薬《まやく》中毒者になれるかも知れないわ。ほら、書く方も読む方もみんな幸せ。いいことじゃない」

「亡者じゃない、鳳凰流道場建て直しのためにちょっと困っているだけだ。それに私もライトノベルは嫌《きら》いじゃない。同じ値段でも30分で読み終わるマンガに比べて、費用対効果が高いからな」

「専門学校生にもなってバイトもせずお小遣《こづか》いの少なさに困ってライトノベルを読み始めた林トモアキ先生みたいなこと言ってるわね」

「……誰《だれ》だ？」

京子は座っていた切り株を勢いよくひっくり返す。

「サイコでリッジで超《ちょう》バッド‼　畳《たた》み方も知らないのに風呂敷《ふろしき》を広げまくりなスーパーラノベーター、林トモアキ先生を知らないなんて問題外よっ‼　あなたラノベの何を読んでライトノベルが好きなんて言ってるの⁉」

「灼眼《しやくがん》のシャナだが」

京子は引っこ抜《ぬ》いた切り株を粛々《しゅくしゅく》と元のように埋め始めた。

（……だから他レーベルの超人気《ちょうにんき》作品を持ってくんなっつってんのに最近の若い子はほんとにもう……あ、私も17歳だけどね）

「ああ……えっと……如月ちゃん。林なんとかって、一応、京子ちゃんと同じところで書いてるプロの人らしいよ」

「そうなのか。まあ誰でもいいが」

めんどくさくなった京子は、妖力で切り株とティーセットを元に戻《もど》した。

「ついでに話も戻すけど、不景気なので殿様暮らしは無理」

「妖怪のくせに急に生々しい話をするんじゃない」

「あなたがお金お金って生々しい話をするからでしょう。もちろん、当たるときは左団扇なくらい当たるでしょうけど……出版社も会社で、商売なの。ライトノベル作品のアニメ化に携《たずさ》わった編集者から聞いた話では、やっぱりお金が動くわけよ。お金が」

京子の言葉に、如月は眉《まゆ》根《ね》を寄せた。

「不景気だから、出版社もお財布《さいふ》のヒモが堅い……と？」

「聞いただけの話だから、本当にどうかはわからないけど。まあ、ＣＭスポンサーも不景気でお金がないんでしょうね。ラノベ原作のアニメが放映されてるような深夜帯じゃなおのこと。だから……」

京子は切り株の上に、お気に入りのDVDやフィギュアを並べていく。

「DVDやCD、キャラクターグッズなんかの版権商品が売れ始めて、ようやく利益としてうま味が出てくる、って感じみたいよ」

如月は腕組みをしたまま低く唸《うな》った。

「うーん。確かにいくら好きなアニメでも、DVDなんかを全部揃《そろ》えようと思うと、かなりの出費だな。買う方も不景気で、お財布のヒモが堅い……か」

「そういうことね。それを2クールとか……1年シリーズとか。企画《きかく》したはいいけど、突《つ》っ込んだ金を回収できなかったら会社はあぼん。ただでさえマンガより読む人の少ないライトノベルで、果たしてどこまでそれをやれるか。会社としては、賭《か》けに近い部分もあるんじゃないかしら」

「だが版権商売だろう？　会社なんてどうでもいいじゃないか。大事なのは、書いた本人の取り分だろう。マージンだろう」

「すごい。だめだこの如月ちゃん」

「あ、いや、勘違《かんちが》いするなアイミ。今のは私の気持ちというわけではなく、世間一般《いっぱん》的な興味であって……どうなんだ、原作者の取り分は」

「わかりません」

素《そ》っ気なく首を振る京子。

「は？　そんな、一番大事なところで……」

「私も林先生もアニメ化されるほどの人気者ではないので。でも、今のご時世の版権商売がいかに儚《はかな》いものか……ということは、言われるまでもなく、みんな気付いてるんじゃないかしら」

アイミはこくこくと頷いた。

「流行《はや》り廃《すた》りも早いもんね」

「そういうこと。それとも如月、『ワンピース』や『名探偵《めいたんてい》コナン』みたいな通年アニメ放映、毎年映画化されるような超々《ちょうちょう》人気作品を、活字で表現できる自信はあるかしら？」

「そんなものは、やってみなければわからないだろう。版権商売はともかく、３００万円は目の前にぶら下がっているわけだから」

紅茶を一口飲んで、京子は頷いた。

「ええ、ならばそれもまたよし」

講のまとめ

自分の紅茶を飲み干して、アイミは言った。

「最後は生臭い話しかしてなかったね」

「生々しい話、ね。生臭い話をしたのは如月だけよ」

「なんだそのいかがわしいものを見るような目は」

さて、と前置きして京子は続けた。

「画面の向こうで新人賞を目指している人がいたら。その人はこんな茶番関係なしに目標にしている賞があるでしょうし。チャンスは多いほどいい、って人なんかは……複数の賞に応募《おうぼ》したりもしているでしょうね。どんなきっかけ、目的、方法であれ。目標を持つこと。それに向かって進むことは、素晴《すば》らしいことね」

そこでアイミは一つ、思い付いた。

「京子ちゃんは妖怪だからともかく……林なんとかっていう人は、なんでライトノベル作家になろうと思ったの？」

「社会人になるまで作家のなり方がわからない、って話をしたでしょ」

「うん」

「新人賞の存在に気付いたのが、丁度、ヒキコモリっぽかった頃《ころ》でね。『え、マジ？　え……ひょっとして賞取るだけで作家になれんの？　うっそ、履歴書《りれきしょ》代わりに原稿《げんこう》送ればいいだけじゃん！　面接いらねえじゃん！　会社とか行かなくても家にいるだけでお金もらえるじゃん！』……って感じかしら」

「わぁい、ダメ人間」

バンザイするアイミと、眉間《みけん》を押さえる如月。

「そんな理由で人生を決めるのか」

「決まっちゃったから人生って恐《おそ》ろしいわね。ま、きっかけはそんな経緯でも、受賞することはできた……という、実例を踏《ふ》まえた上で」

京子は切り株からすっくと立ち上がった。

「動機なんてどうあれ、気になったなら。どこぞのレーベルに趣味《しゅみ》の片手間、自慢《じまん》の作品を送り付けてやってはいかが？　職業としてのライトノベル……そんな、思わぬ人生が開けるかも知れないわよ」

「じゃあ私は富士見ファンタジアにするね」

「よし、私は電撃《でんげき》文庫にしよう」

「スニーキングアタ―ック!!」

「「ひぎいいっ!?」」

暮れなずむ静かな森の奥深く、いたいけな少女たちの悲鳴が響《ひび》き渡《わた》る。

「ではまた次回」

Season.1

第四話

羅延町《らのべちょう》五番街五。

普段《ふだん》は誰《だれ》も近付かない、深く静かな森の奥に古風な洋館が一軒《けん》。

そしてここはそのテラス。

オールドローズの咲《さ》く庭を見下ろしながら、黒いセーラー服姿の、艶《つや》やかな黒髪《くろかみ》の少女が佇《たたず》んでいる。

「こんにちは。角川スニーカー大賞の公式イメージキャラクターを密《ひそ》かに狙《ねら》っている、ライトノベル妖怪《ようかい》の京子《きょうこ》サクリファイスです」

そこにやってきたのは如月《きさらぎ》とアイミの二人。

「大丈夫《だいじょうぶ》なのか、そのレーベル」

「本誌休刊中だけど大丈夫よ。なんせ角川グループホールディングスでかいから、東証一部上場なめんなって感じよね。経済よく知らないけど。あ、この小説はフィクションです」

講の1　要項あれこれ。

「そんなことより、ザ・スニーカー買ってきたよ！」

わくわくと楽しそうに雑誌を広げるアイミを見て、如月が首を傾《かし》げる。

「たった今、休刊中って言わなかったか？」

「フィクションだとも言ったはずよね。林トモアキ先生のレイセンも、この号で天白《あましろ》家サマーウォー編の決着がつくはずよ」

「さっそく、応募要項《おうぼようこう》を見てみるよ！」

アイミは京子の言葉など気にも留めず、そのページを大きく広げた。

「えーと……年齢《ねんれい》、プロ・アマ不問。ジャンル不問」

「プロアマ問わず、というのは、あなたたちみたいな素人《しろうと》でもいいし……」

「なるほど。すでにデビューしている京子が応募してもいいわけだな？」

「そういうことね。まあ私はタイトルのとおり現役《げんえき》だから、改めて同じレーベルに応募する必要はないけどね」

続けて京子は解説した。

「ジャンル不問というのは、どんな内容の小説でもいいってことよ。まあ、『フィネガンズ・ウェイク』くらいぶっ飛んじゃうと、さすがにだめでしょうけどね」

「どんな本なの？　ホラーとか？」

「あの本が出版され、日本語翻訳《ほんやく》されたことがある意味でホラー」

　如月が次に目を移して言った。

「ここは重要そうな項目だな。手書きの場合、400字詰め原稿用紙《じづげんこうようし》200〜400枚。パソコン、ワープロ等でプリントアウトする場合は……タテ組み？」

「インターネットサイトのように、横→に読むのではなくて……この小説のように、縦↓に読み進めるような印刷方法にして欲しい、ということね」

　アイミが疑問する。

「京子ちゃん。原稿用紙は20×20だけど、プリントアウトするときは42×34とか……なんで中途半端《ちゆうとはんぱ》なの？」

「文庫の字数と行数を数えてもらえばわかるけど、それが本にしたときのそのレーベルの体裁《ていさい》ということね。私も新人賞の要項なんて久しぶりに見たから、びっくりしたわ」

「昔は違《ちが》ったのか？」

「私や林先生なんかは、少し前にデビューしたから……そのときは、プリントアウトでも20×20だったのよね。確か、40×40ぐらいのところもあったと思ったけど」

　そこで京子は思い出し、ぽんと手を打った。

「あ……ちなみにアイミは、最初の『マリアとらいあんぐる』、どう書いたかしら？」

「え？　パソコンだけどワープロソフトで、京子ちゃんに言われたとおり、20×20に設定して書いたよ」

「うーん、ちょっと失敗しちゃったかしら」

珍《めずら》しく困り顔をする京子に、如月が言った。

「そうなのか？」

「私なんかはずーっと『1枚＝20×20』って感覚で仕事をしてるから、最初の方の回ではああいう言い方してるのね。今の若い人たちってどういう設定で書いてるのかしら？」

「でも、そんなの書いてからでも……ワープロソフトのページ設定、いじってあげればすぐ直るし」

「ま……アイミがそう言うなら、それでいいんだけど。そんなわけでこれから先の話でも、○○枚という表現が出てきたら……基本的には『1枚＝20×20』と思ってね」

言い終えて一息つく京子。

しかし、と如月は自分の顎《あご》先に指を添えて思い描《えが》いた。

「原稿用紙に手書き、というのもいかにも作家って感じで、かっこいいいな」

「あ、そればっかりはお勧《すす》めしません」

「そうなのか？」

遅《おく》ればせながら、京子は午後のティーセットを用意し始める。

「私の尊崇《そんすう》する林トモアキ先生がね」

「またそいつか」

「手書きする俺カッコイイ！　とか思いながら、パソコンの画面見ながら原稿用紙にせっせとね」

如月が怪訝《けげん》な顔をした。

「せっかくパソコンで書いたのにか？」

「そう。当時仕事もしてなくて、お小遣《こづか》いがないから虎《とら》の子のエロゲなんかも全部売り払《はら》ったあとで、プリンター買うお金もなかったから」

「最後まで取っておいた財産がエロゲか」

「結果……最初の1枚を清書するのに、30分かかったらしいわ。ちなみにそのとき応募しようとした枚数は、280枚くらいね」

アイミはぱちくりと。

「え……それで、どうしたの？」

「結局友達からプリンターを借りてきて、印刷したみたいよ。98フェロー時代の絶不調のプリンターで、印刷中にヘッド動かすベルトが飛んで『んがーっ！』とか言ったりして。印字がずれまくったり、盛大に紙資源の無駄遣《むだづか》いもしつつプリントアウトしましたとさ」

講の2　長編あれこれ。

京子は紅茶を飲んで一息つく。

「じゃ、応募要項もわかったところで……」

「今度は短編じゃなくて、長編小説だね。でも、大丈夫かな？」

「確かに、ほとんど経験のない状態からいきなり長編……というのは、私も経験がないからなんとも言えないわね。林先生も高校時代にショートトや短編を幾《いく》つか書いた上で、社会人になってから、新人賞のために長編を書き始めたそうだし」

アイミが待ったをかけた。

「でも、最初の話だと……やる気があるなら何でもいいって言ってたよ？」

「あー……言っちゃったわね、確かに。でもあれは、とりあえず書いてみたい話が短編に収まらなかったら、という話のつもりだったのね。先に長編という制約を決めてから書こうと思うのは、なかなか難しいと思うわ」

「そっか……好きで書いてるうちにどんどん話が膨《ふく》らんで、短編に収まり切らなくなるのはいいけど。とにかくたくさん書こう、という目標だけが先行しちゃうと……」

アイミの言葉に如月が頷《うなず》いた。

「なんだか、すごく大変そうだな。サッカーで遊んでいればいつの間にか数キロは全力疾《しっ》走《そう》しているのが、体育の時間にグラウンドを何周しろと言われるとうんざりするようなものか」

「そういうことね。概観《がいかん》だけど……前者はテンポよく読めるだろうし。後者みたいな嫌々《いやいや》な意識でできあがった作品は、書き手がどれだけ取り繕《つくろ》っても、読み手には間延びして感じるものよ」

アイミは驚《おどろ》きに目を丸めた。

「そんなの、わかるものなの？」

「ふふふ……編集者っていうのは、マジですごい生き物でね……。そうやって、わかってはいるけど隠《かく》したいところほどズバズバズケズケ言ってきやがるから、もう、ね、ほんとに……」

「自分が傷付くんだね」

「あ、私じゃないけどね」

「ああ、馬鹿《ばか》がか」

「これぱっかりは編集者と直接話したことのない人でも、さっきの評価シートっていうので苦い思いをした……なんて人も、いるんじゃないかしら？」

とりあえず如月にスニーキングアタックしてから、京子は続けた。

「さて……アイミは、長編で何を書きたいのかしら」

「うーん……。えーと……」

アイミが思い悩《なや》み、如月が痛みにのたうち回るバルコニー。

京子はティーカップ片手に振《ふ》り返った。

「画面の前でも、そろそろ……本題が来たか、と目を光らせている人がいるかも知れないわね。短編は書いてみたけど、長編だとどこからどう作っていいかわからない……そんな人もいるんじゃないかしら」

ピコーの缶《かん》から、新たに琥珀色《こはくいろ》を注ぎ入れる。

「私もボトルシップの作り方はわからないけど……作っている様子を写した動画があれば、見よう見まねで作れる可能性があるわ。そんな感じで、挑戦《ちょうせん》してみたいけど、わからない人のために。ライトノベルの制作過程の一例を、この先の話では見せていこうと思うのね」

そこで京子は、注意のために人差し指を一本立てた。

「もちろん。ボトルシップを作れる可能性も、ただ可能性というだけ。手先が不器用なら、真似《まね》ようとしてもイライラするだけで、全然面白《おもしろ》くない、ただの苦行かも知れないわ。そういう根本的な『合う』『合わない』はあるでしょうし。万人《ばんにん》が長編小説を書けることを保証することはできない。ティンと来そうと感じた人だけ……方法の一つとして、試《ため》してみてはいかが」

今日はまだまだ、日が高い。

「まあ……本当に根本的な部分だけだから、わかってる人はもうわかってる、くらいのことしか言わないけどね。それともう一つ。今回もパクパク言うけど……一番端的《たんてき》にわかり易《やす》い言葉として使ってるだけなので」

京子は一つ付け加えた。

「あ……パクパクって、性的な意味じゃなくてね」

講の3　京子サクリファイス(17歳)がパクパクするお話。

「ふふふ、我ながらエロいわね……」

「お前は何を言っているんだ」

「ねえ、京子ちゃん」

「ああ、はいはい。何か思い付いたかしら？」

「ううん。わかんない」

「……ま、そうよね」

京子は最初からわかっていたように頷いた。

「それじゃ、またパクりましょうか」

「え……、でも今度のは個人で楽しむ趣味《しゅみ》じゃないよ？　いいの？」

如月も改めてザ・スニを手に取る。

「確かに要項《ようこう》にも、『明らかに既存《きそん》作品と類推される内容のものは……』などと書いてあるぞ」

「でも、前のアイミのプロット……0083とは似ても似付かないものになったでしょ？」

「そう言えばそうだったね」

「あれ、なんでかって言うと……『場面』をパクったからなのよ」

アイミは首を傾《かし》げた。

「場面じゃないパクリもあるの？」

「たとえば『設定』なんかだと、物語全体に及《およ》ぼす影響《えいきょう》が大きいからパクリだとわかり易いわね。極端《きょくたん》な例を挙げると……」

京子は妖力《ようりょく》を使い、テーブルに黄色と赤のまだら模様のキノコを生やした。

「『キノコを食べると大きくなる』、という設定」

「マリオだね」

「ほら。話の内容にすら触《ふ》れてないのに、一発でバレるわ。でもちょっと視点を変えて……これが、『キノコを食べて変身する場面』だったらどう？」

如月が難しい顔をする。

「ん〜……香港《ほんこん》のC級映画なんかでありそうだな」

「映画監督《かんとく》へのインタビューなんかで、『あのシーンは、あの作品のあの場面をオマージュした、この場面にインスパイアされた』……なんてコメントを、耳にしたことはないかしら。アイミが前に書いた爆発《ばくはつ》するシーンは、爆発するシーンだし。アクションシーンで殴《なぐ》り合いをする。銃撃戦《じゅうげきせん》をする……なんて、いろんな作品でやってることでしょ」

「そうだね。でも、それは悪い意味でのパクリとは違《ちが》うよね」

「ね。だからその『行為《こうい》』自体。少し拡大して、その『行為が描かれる場面』……まで」

「まで？　それ以上は、やめた方がいいんだね」

「そうね。あと場面と場面を繋《つな》げる『展開』なんかも……あんまりそのまま使っちゃうと、気付かれやすいでしょうね」

京子は紅茶を一口飲んだ。

「だからガトー少佐《しょうさ》の場面。あれも切り詰《つ》めて切り詰めて、核爆発《かくばくはつ》という『場面』、あるいは爆発を引き起こす『行為』、までパクる範囲《はんい》を狭《せば》めた結果なのよね」

京子はテーブルキノコをむしり取ると、瓶《びん》に詰め、そこにピコーを注ぎ込んだ。

「で。自分でも書きたいほど印象に残ってるものって……結局のところ、『場面』が多いと思うのよね」

「ちょっとだけパクるの『ちょっと』は、場面までのこと？」

「そういうこと。それでイマジネーションが湧《わ》くなら……じゃんじゃんと。リスペクトの気持ちを込めて、パクりましょう」

「ここまでは、最初の方と同じことしか言ってないね」

「まあ、書きたいものがないことにはね。これぱっかりは、他人にはどうしようもできないから」

如月が小さく手を挙げた。

「もし、書いてみたいのが『場面』ではなく……『設定』からくる雰囲気《ふんいき》みたいなものだった場合はどうする？」

「工夫《くふう》して」

「またいい加減な」

「少なくとも林先生は、それをやろうとして成功したためしがないから」

「教えようがないというわけか」

「自分自身、絶対に無理、とは思わないから、未《いま》だに試してもいるみたいなんだけど……ねえ」

瓶詰《びんづ》めキノコにピコーが注がれ、紅茶キノコとしての第一歩を歩み始める。

その光景を見た如月が言った。

「紅茶キノコってそういう意味でいいのか?」

「知らない。ああ、そうだ。いい機会だから、どうしてこの小説でパクパクを推奨《すいしょう》するかを言っておくとね。プロみたいに四六時中アタマを話作りに使ってる人でもない限り……ことさらアイミのような初心者がオリジナルを発想するのは、ほぼ不可能に近いからなのよ」

「バッサリ切り捨てられたよ」

「そう言わずに、よく聞いてねアイミ。まずあなたたちは、何で言葉や文章といったものを覚えるかしら」

当たり前の質問に、如月が肩《かた》をすくめる。

「そんなの、学校に決まっているだろう」

「そうよね。でも学校は小説の書き方を教えてくれるかしら?」

「そういう専門学校なら、教えてくれるんじゃないのか? まあ、私たちはまだ高校生だし、そういう進路を選べばの話だが」

「そうね。だから普通《ふつう》は、話の作り方や書き方なんて誰《だれ》から教わることもないわ。それでいきなりオリジナリティの溢《あふ》れる面白い話を書けると思う? 鉄棒で逆上がりもできないのに、大車輪をやれって言われるのはなかなか厳しいでしょう」

想像したアイミが、うんざりという顔をした。

「それは……難しそうだね」

「オリンピックに出場するような体操選手でも、まず何が始まりかと言ったら、子供時代の前転や後転だと思うのね。それから少しずつ、難しい技《わざ》を……まずは自分の目で見て。言うなれば見よう見まねで覚えていくんじゃないかしら。例にちょうどいいと思っただけで、そんなに体操詳《くわ》しくないから違ったらごめんなさい」

　アイミが手を打った。

「見よう見まねが……京子の言うパクパク？」

「ええ、そのつもりなの。運動と創作とじゃ本質が違うと思うかも知れないけど、同じ人間ですもの。成長の過程というものに大差はないと思うのね。もう一つ例を出しましょう」

　京子は扶桑《ふそう》人形フィギュアと薄《うす》い本をテーブルに置いた。

「より創作に近いジャンル。たとえばイラストを描《か》く場合。誰もがいきなりオリジナルキャラを上手に描けるわけじゃなくて、まず現実にあるものをデッサンをしたり、好きなマンガのキャラを描いたりして練習するわよね」

「うん」

「でもそれは何も悪いことじゃなく、むしろ当然のこと。つまり真似《まね》をする、という行為は趣味や仕事を問わず、他《ほか》のいかなる場合においても正しいこととして行われているのよ」

　如月は納得《なっとく》もしながら、同時に疑問も挙げた。

「確かに、手足や指先といった体を動かすような場合は必要だが……小説は体よりも頭を使うものだろう？　同じなんだろうか？」

「そこよ。『動作』か『発想』かで言うと、小説は極端に『発想』に偏《かたよ》った活動だから問題なのね。全く小説なんて書いたことない人がいたら……『真似をする＝オリジナリティがない＝よくないこと』というように思っていないかしら？　大丈夫《だいじょうぶ》。初心者なら、それは全く気にすることではないわ。拍手喝采《はくしゆかつさい》を得られるような超《ちょう》難度の演技を体得する、見た人に感銘《かんめい》を与《あた》える構図を描き出す、読んだ人に楽しんでもらえるオリジナリティある話を書く……のは、少し先の話なだけ」

京子は紅茶を一口。

「しかも運動や絵画と違って小説は、学校では教えてくれない。教えてくれる人も、周りにはまずいない。コーチもいなければチームプレーをしてくれる仲間もいない、ほぼ個人での挑戦《ちょうせん》になるからなおのこと。じゃあ何から、どうやって教わればいいかと言えば……」

アイミが明るい顔で手を打った。

「そっか……教えてくれる人はいなくても、お手本になる小説はいっぱいあるよね！」

「そういうこと。別に、そういう段階を踏《ふ》まなきゃ絶対書けない、と言ってるんじゃなくて……ちょっとアイデアに詰まったとき。うまいこと思い付かないとき。他の何かのアイデアを真似てみるのは、方法としてなんら悪いことではない……というイメージを持っておいて欲しいわけ。あんまりキュウキュウ思い詰めずに、気持ちを楽に、楽しくお話を考えましょう」

「だがなんの手助けもないと言われると、なんだか大変そうだな」

不安げに呟《つぶや》く如月に、京子は笑顔《えがお》で首を振《ふ》った。

「ううん、悪いことばかりじゃないわ。教師も仲間もいない代わり、じっくりスタミナや筋力を付ける必要もない。逆上がりすらできなくても、色々なアイデアを組み合わせているうちに、大車輪級のネタを思い付くのが創作のいいところ。そうして受賞さえしちゃえばいきなり『先生』になれる辺りも、創作というものの特殊性《とくしゅ》を証明していると言えるんじゃないかしら」

「だから大丈夫なのか、そのレーベル」

「大丈夫よ。この連載《れんさい》が終わる頃《ころ》には、スニーカー大賞の応募《おうぼ》者数が倍増しているはずだから」

「フィクションだけどね」

講のまとめ

「なんか応募要項《おうぼようこう》の話とパクパクの話と、全く違《ちが》うことやってたからまとめようがないわね。ではまた次回」

「いきなり終わるな」

そんな如月へ、京子は胡乱《うろん》な視線を向けた。

「ていうか、なんで今日も如月がいるのよ」

「今さらその説明をするのか？」

「もともとニコ動に上げる東方キャラの紙芝居《かみしばい》シナリオだったから、いろいろと無理が出てるのよ。会話主体で地の文がやたら少ないト書き状になっているのはそのせいね。アイミのプロットにもその名残《なごり》があるから、気になった人は勘繰《かんぐ》ってみたり、そのまま同人誌や手描《てが》き劇場を作ってもらっても全然オッケーです」

如月は溜《た》め息《いき》をつく。

「とにかく、アイミのようないたいけな少女をお前のような妖怪《ようかい》のもとに一人でやれるわけがないだろう。別に私もアイミと一緒《いっしょ》にライトノベルを書いてみたいとかではなく、アイミの護衛というだけなんだからな！」

「はいはい乙乙《おつおつ》」

「実はね、京子ちゃん」

「あら、何かしら？」

ニヤニヤを止めて振り向いた京子へ、アイミが以前書いた原稿《げんこう》を差し出した。

「『マリアとらいあんぐる』を長編にしてみたいんだけど」

「えっ」

驚《おどろ》きに、紅茶を飲もうとした京子の手が止まる。

「私が初めて書いた小説だから、それを生かしたいし……それにほら、京子ちゃんや林なんとかって人のレベルなら、あれだけのプロットでも長編で書けるって言ってたから」

「ブーメラーン（笑）」

乾《かわ》いた笑顔で呟いてから、京子は晴れ渡《わた》る空へと視線をやった。

「でも……ま、いいわ。やってみましょうか」

「できるのか!?」

「できるんだ!?」

吃驚《きっきょう》する二人の少女へ、ライトノベル妖怪は悠然《ゆうぜん》と頷《うなず》いた。

「口だけ大明神だけど、冗談《じょうだん》でデビューさせるほど編集部は酔狂《すいきょう》じゃないからね」

そのとき。

三人がテーブルを囲むバルコニーの手すりに、一人の少女が降り立った。

「そこまでにしておきなさい、ライトノベル妖怪京子サクリファイス。本を愛する者として、こんないい加減な講座は認めませんよ」

「その声は……全世界第一級図書館司書資格保有図書館司書妖怪、モリナガ！」

「お前らは妖怪をなんだと思っている」

鳳凰《ほうおう》の退魔《たいま》師を無視してモリナガは言った。

「アイミが小説を書き始めたというから気になって来てみたのですが……まさか京子のもとに出入りしていたとは」

「何か文句でもあるわけ？」

「面白《おもしろ》そうだから私も入れて」

「いいけど」

即答《そくとう》する京子。

振り返ったアイミが笑顔で手を振った。

「といったところで、また次回！」

Season.1

第五話

羅延町《らのべちょう》五番街五。

普段《ふだん》は誰も近付かない、深く静かな森の奥に古風な洋館が一軒《けん》。

その裏庭で、セーラー服姿をした艶《つや》やかな黒髪《くろかみ》の少女が場所を移し、大きな切り株の上に佇《たたず》んでいた。

「こんにちは、ライトノベル妖怪の京子《きょうこ》サクリファイスです。2011年10月24日月曜日、編集長代理に『ライトノベルの書き方みたいなの書いてるんですよ』って言ったら『それは是非《ぜひ》ザ・スニーカーWEBで！』ってあっさりOKされました。編集長を代理する言質《げんち》ということは即《すなわ》ち編集長の言質であり、編集長の意向は編集部の総意なのである意味公式です」

「まだこの原稿一話も見せてねえだろそれ。こんにちは、モリナガです」

そんなことを言う図書館司書妖怪のモリナガへ、京子は振り返った。

「でも『いいんですね？　いいんですね？　いいんですね？』って三回も念を押したのに

『楽しみにしています！』ってとびきりの営業スマイルでニコニコしていたから、どっちが悪いって言ったら内容も見ずに安請《やすう》け合いする方が悪い」

　アイミが言った。

「羅延町の図書館を運営する図書館司書妖怪で、毎日たくさんの本に接しているモリナガちゃんは、スニーカー大賞審査員《しんさ》の一人なんだよね！」

「自然とそういう設定になったようですね」

「お前たち妖怪のせいで、平和だった羅延町とその世界観がどんどん魔窟《まくつ》化していくな」

　刀に手をやった如月《きさらぎ》を制して、モリナガは告げる。

「待ちなさい如月。少なくとも私は、このいい加減な京子サクリファイスが間違《まちが》ったことを教えはしないか、監視《かんし》するために来たのです」

「そうなのか？」

　意外そうに瞬《まばた》きする如月へ、モリナガは頷いた。

「ええ。あの短編を読んだ限りでは、アイミの才能はなかなか光るものがありました。いいですか、京子サクリファイス。才能の芽を摘《つ》むようなことは許さないから、そのつもりで」

「大丈夫よ、アイミの才能は私もわかってるつもりだから」

　それから京子は振り返る。

「あと、私はアイミには教えているけど、みんなは適当に読んでね。こんな考え方をして、こんな風に小説を書いている人もいるよ……というのを見せるだけのお話だからね」

講の1　テンポってどのくらい？

肩《かた》に掛《か》かった髪《かみ》を掻《か》き上げ、京子は森の緑を見詰《みつ》めた。

「さて……よく、『起承転結』って言うわよね」

「うん。学校で習うよね？」

アイミに聞かれ、如月も頷く。

「高校だと受験を控《ひか》えた三年生が、小論文に関連して頭を悩《なや》ませているな」

「ちなみに私の盲信《もうしん》する林トモアキ先生は大学に行くことを諦《あきら》めて小論文を勉強しなかったので、未《いま》だに『承』の意味をわかっていません。なので信者の私もわかりません」

モリナガが首を捻《ひね》った。

「誰《だれ》その馬鹿《ばか》」

「ファニーでファジーで超《ちょう》バッド!!　この小説でスニーカー編集部はおろか業界全体から睨《にら》まれるんじゃないかとビクビクしながらこの果てしないライトノベル坂を登り続けるク

レイジークライマー林トモアキ先生を知らないなんて問題外よっ‼　あなたよくそれで図書館司書妖怪なんてのたまっていられるわね⁉」

「役職じゃなくて種族ですから」

「集英社スーパーダッシュ文庫スーパーダッシュキーック‼」

鋭角《えいかく》なキックを受けて吹《ふ》っ飛んだモリナガが、少しして戻《もど》ってきた。

「雪崩《なだれ》式百科事典全三十五巻付録付きフォール‼」

「ぎゃあああああああ⁉」

京子は百科事典の山に生き埋《う》めとなってから、言った。

「……モリナガ、それ実際に起きたら洒落《しゃれ》にならないから」

「ええ。だからそういうことのないよう、大抵《たいてい》の図書館では重い本は下の段にしまってあります」

「それ以前に本を何だと思っている妖怪ども」

如月に罵《ののし》られながら這《は》い出てきた京子は、気を取り直してノートパソコンを取り出した。

「いまグーグル先生に『承』についてお尋《たず》ねしました。やっぱりよくわかりません」

「うわあい」

バンザイするアイミ。

「ウィキペディアが詳《くわ》しすぎて難しいので、やっぱり『承』は放棄《ほうき》します。『起転結』という言葉があります」

「聞いたことないぞ」

眉根《まゆね》を寄せる如月。

「いま作りました！　だから今からここにあります!!　あるんですっ!!」

涙《なみだ》ながらに訴《うった》える京子へ、モリナガが呟《つぶや》いた。

「三段構成なら序破急でしょ」

「エヴァのＤＶＤなら持ってるわよ？」

「「「……。」」」

京子は焦《あせ》ってパソコンを操作する。

「えー……再びウィキペディアで調べたところ、序破急も小中学校で習うと聞いてマジビビりました」

「馬鹿ですね」

「うるさいわね！　どうせ知らなかったわよ！　担当と『新劇場版：破』を見に行ったときもなんで次が『Ｑ』なのかガチわかんなかったわよ！　起こして！　転がして！　結ぶ！　はい物語の完成でしょ!?　嬉《うれ》しくないの!?」

「嬉しいです！　すごく嬉しいです……！」

勢いに押されて泣きながら頷くアイミ。

「はい、じゃあそれを踏《ふ》まえた上で……『マリアとらいあんぐる』のプロットを改めて見直してみるわね。せっかくだからわかり易《やす》いように、この小説の登場人物を当てはめてみましょうか。

①　主人公アイミ・ロールシャッハの登場と紹介《しょうかい》。
②　友人の鳳凰堂《ほうおうどう》如月からキーになるアイテムの入手。
③　協力者モリナガからの情報収集。
④　ラスボス京子サクリファイスとの出会いと開戦。
⑤　決着と物語の締《し》め。

これに当てはめてみると……起、転、転、転、結。と、なるわけよ」

モリナガがそれを遮《さえぎ》った。

「てん、てん、てん……っておかしいでしょ、明らかに。本来『転』は物語の山場、クライマックスを表す部分。これでは最初からクライマックスになってしまいます。ニコニコ動画ならそれでもいいでしょうが……」

ちっちと京子が人差し指を振《ふ》る。

「これは『起承転結』の『転』じゃなくて、『起転結』の『転』」

「なんか言い訳がましいですが……どう違《ちが》うのですか？」

「林先生が担当から原稿《げんこう》を褒《ほ》められるときによく言われたのが、『物語が転がってる』という表現ね」

「どういうことだ？」

腕組《うでぐ》みをする如月に、京子は噛《か》み砕《くだ》いて説明した。

「ストーリーが走ってるとか、テンポがいい、勢いがある……そんなイメージかしら。『起』で物語を起こしたら、転、転、転、とボールの跳《は》ねるようにストーリーを展開させていく。これはライトノベルを書くのなら、いつでも誰でもどんな作品でも、意識しておいて損はないわね」

燦々《さんさん》と降り注ぐ木漏《こ》れ日の下、京子はお気に入りの切り株の上にクロスを広げ、お気に入りのティーセットを用意した。

「退屈《たいくつ》は、停滞《ていたい》からやってくる。常に、次へ次へ、物語を転がしていくことは……新人賞を狙《ねら》うのみならず。プロデビューしてからこそ、大きな強みになるはずよ」

それからピコーを四本取り出した。

「ライトノベルはエンターテインメント。芸術性を求められる文学作品や、難解な学術書ではないのだから……テンポよく楽しんでもらうことを心がけ、楽しく書きましょう」

京子が紅茶を注いでいくのを見たモリナガは、妖力《ようりょく》で取り出したミスタードーナッツ

Sister
Donut

の箱を開いた。

「まあ、テンポとかそんな話もよく聞きますし……次から次へ、息もつかせぬ怒濤《どとう》の展開。確かにそれができれば理想的ですが……具体的に『テンポ』とは、どのくらいのことを言うのですか？」

アイミが思い出して笑顔《えがお》になる。

「あ……！ ひょっとして、それが最初の方で京子ちゃんの言ってた、４００字詰《じづ》めで10枚くらい？」

「そういうこと。何もわからないけどこれから書こうと思う人は、それを1場面の長さの目安に。もう手元に作品はあるけど、普段《ふだん》書いてるワープロソフトの設定が違うって人は……ページ設定をいじって、どんなものかチェックしてみてはいかが。たとえば山場でもない日常会話の1場面で、20枚を超《こ》えていたら……読む人にとっては、ちょっと長く感じるかも知れないわよ。削《けず》れない、削りたくない場合は、変化を加えてあげるのもいいわね」

モリナガはチョコリングを取り出して首を傾《かし》げる。

「日常会話に変化……ですか。たとえば？」

「キリのいいところで小段落をぶっ込むとか」

講の2　テンポの話が続くよ。

「ああ、ストーリーの変化ではなく、メタな意味でですね。まあ……20枚よりは、短くなりますが」

「……こんな風に→」

「ちなみに林先生は国語もあんまりあれなので、小段落を定義すると……250枚の話を書くとして、それを5章に分けるとしましょう。1章につき50枚書くとしたら、これをさらに①〜⑤に分けるとする。仮にこの②の部分が20枚続いているようなら……真ん中くらいのキリのいいところで、③をぶっ込む、ということね」

「この小説だと、『講の1』とか、『講の2』がその役目だよね」

アイミの言葉に如月が頷《うなず》いた。

「段落番号、とかでもいいんじゃないか？」

「あ、それいいわね」

「しかし根本治療《ちりょう》になっていないようにも思えるのですが」

モリナガの言葉を、京子は否定しない。

「そうだけど、文章が区切りなく延々と続いているよりは……空行があって、番号一つ振ってあるだけで。『あ、話が進んだんだ』と、思えるんじゃないかしら」

「そう言われれば、まあ……本来そのための番号とも言えますね」

京子はモリナガに頷いた。

「もちろん、モリナガの言いたいこともわかるわ。物語が破綻《はたん》しない範囲《はんい》で何か変化を加えられる展開を思い付くなら、それが一番いいんだけど……アイミみたいに慣れていない初めのうちだと、お話をまとめるのに手一杯《ていっぱい》で、そんなことまで気が回らなかったりして。キャラクターの会話を使って、物語の設定なんかを説明させたりしているうちに……いつの間にか、長くなってしまっていることが多いと思うの」

京子はハニーディップを摘《つ》まみ上げる。

「読む人にわかってもらいたい、わかり易くひとまとめに説明してしまいたい……という気持ちが、無意識のうちに表れてしまうのね。他《ほか》にこの現象が起きる可能性としては……最近のエロゲやギャルゲーなんかで読むことが好きになり、そこからライトノベルを目指そうという人かしら」

ドーナッツを咥《くわ》えると、京子は切り株の上にパソコンのゲームソフトを積み上げた。

モリナガが頷く。

「確かにこういった恋愛《れんあい》SLGなんかだと、女の子との何げない掛《か》け合いが……ある意味、ゲームのメインだったりしますからね」

「そういうこと。それに慣れた感覚のままラノベに移ると、枚数制限がめちゃくちゃシビアよ。ほんわかした会話をあまり長く続けていると、あっという間に枚数オーバーしちゃうから気を付けてね」

如月が物珍《ものめずら》しそうに、そうしたゲームのパッケージを眺《なが》めていた。

「クラスにもPSPなんかで遊んでいるやつがいるが……ゲームとライトノベルの長さとは、そんなに違うものなのか？」

「林先生がエロゲが好きでね。最初の担当もエロゲが好きだったの」

「『駄目《だめ》だその編集部早く何とかしないと』」

「編集者もメディアミックスとかでいろいろコネがあるらしくて。どこのツテをどう辿《たど》ったのか、エロゲメーカーの人と仲良くなったみたいで……あるとき『エロゲのシナリオ書こうよ』、って言い出したのね」

「いや、自分とこの本を書かせなさいよ」

モリナガはエンゼルショコラを食《は》む。

「普通《ふつう》、ライトノベル一冊って250〜400枚くらいなんだけど。『大丈夫《だいじょうぶ》大丈夫、400字詰めで1万枚くらいだから』って」

「「!?」」

アイミと如月は食べかけのオールドファッションを膝《ひざ》の上に取り落とした。

「文庫一冊を、三ヶ月くらいかかって書いてる先生に向かってね。『平気平気、シナリオ分岐《ぶんき》も含《ふく》めて1万枚だから』って笑いながら言うの」

京子は一息ついてから、万感《ばんかん》を込めて吐《は》き捨てた。

「そういう問題じゃねえだろＪＫ」

「ですよね」

冷や汗《あせ》半分に呟《つぶや》くアイミ。

難しい顔でモリナガは言った。

「最近のギャルゲーはシナリオも凝《こ》っていて、ボリュームもありますからね。それでも短い方だとは思いますが……」

「まったく、世のシナリオライターさんには頭の下がる思いだわ」

京子は紅茶を一口。

「でもやっぱり、そういう人たちはプロなのよね。加えてゲームは背景や立ち絵、音楽、画面エフェクト、声優さん等々……楽しむための工夫《くふう》がたくさん盛り込まれたハイエンドな娯楽《ごらく》作品だから、それくらい長くたって何も問題ないんだけど……活字オンリーの殺風景なライトノベルでそれを表現するのは、高等技術よ」

ティーカップをソーサーに置いて、京子は続ける。

「もちろん、『それでも好きだから俺はやる！』『俺が書きたいのはそこなんだ！』……というなら、それはそれ。最高よね。目指すところがあるならば、やらないことにはそこに至るためのセンスは磨《みが》かれないわ。私の言うことなんて気にせず、ガンガンやりましょう」

頷いてから。

「誰《だれ》も言ってない」

「あ……、性的な場面という意味じゃなくてね」

ならいいけど、と京子は如月に頷いた。

「さっきは、単調な会話だけで20枚、というのを例に挙げたけど……それとは逆に、伏線《ふくせん》の種明かしするような見せ場や、戦闘《せんとう》のようなすごく勢いのあるシーン。ずざざざーっ！と息つく暇《ひま》もなく読ませたい！　なんてゴキゲンでハイテンションな場面だったら、それもそれ。今度は下手《へた》に段落番号をぶっ込むと、読んでる方もそこに躓《つまず》いて逆にテンポが悪くなるかも知れないから……その辺は、自分の作品や感覚と相談してみてね」

モリナガは納得《なっとく》して頷いた。

「何事も臨機応変。一概《いちがい》には決められない、ということですね。1場面10枚はあくまで、何もわからないときの目安の一つ……と」

「ＹＥＳ」

京子はウィンク一つ。

「物語の中で起きてることは同じでも、こうしたメタな工夫一つで、読んでみると印象が変わることもあるから……もう手元に作品がある人は、いろいろ試《ため》してみるのも面白《おもしろ》いかもね」

「あなたの説明も大概《たいがい》長いですね」

「元は動画にするつもりだったから大丈夫《だいじょうぶ》なはずだったのよ」

講の3 ○ンポ。

アイミが元気に手を挙げた。

「○に入る言葉は、もちろんテだね！」

「そのとおり。もう少しテンポの話が続くわよ」

「なぜ隠した」

「なんとなく」

アイミだけが気にせず質問する。

「ねえ京子ちゃん。長いときのことはわかったけど、短い場合はどうなの？」

「んー、場合による」

「いきなり頼《たよ》りない答えになったな」

呆《あき》れる如月に、京子は肩《かた》をすくめた。

「まあ、短いだけならいいのよ。ほんの数行のために段落番号を一つ割《さ》くことで、そのワンシーンを特に印象的に見せる……なんて効果的に使えることもあるし。ただ、林先生が担当から注意された一例を挙げると……意味もなく短い場面が連続すると、今度は忙《いそが》しすぎる、って」

モリナガが頷く。

「そうですね。怒濤の展開はいいですが、勢いがあるのと、せわしないのとでは、違《ちが》う気がします。意気込みすぎて、空回りしてしまう感じでしょうか」

「でしょう？　そうやって林先生が編集者から、ああでもないこうでもないと、叩《たた》かれ。叩かれ。叩かれ……叩かれまくって」

「傷付いたんだね！」

満面の笑みで言うアイミに、京子は涙《なみだ》ながらに頷いた。

「そうやって身に付けたテンポが、1場面（段落番号一つ）につき、10枚程度……という感覚なの。これが正解、ってものでもないんだけど……少なくとも、林先生の場合はそれを意識するようになってからは、担当からそういうことを言われなくなったらしいから。私もあながち間違《まちが》ってもいないと思うわけね」

如月がフレンチクルーラーの最後の一欠片《ひとかけら》を放り込んだ。

「ならばそれは、馬鹿《ばか》がそういう経緯《けいい》で身に付けたテンポだから……だったら私も書いてるうちに、自分のテンポが身に付いたりするのか？」

「もちろん。まあこの辺りの事情は、その人の書きたいジャンルや、作風なんかでもまた違ってくるでしょうし……自分の好きな作家の本を、何冊か注意して読んでみたりすると。その作家のテンポやリズムがわかって、また面白いかも知れないわね」

○ンポのまとめ……………………………………

「「だから」」

「今回のことをまとめると……『テンポ』を通して物語の『距離感《きょりかん》』を体得しましょう。ということね」

「ねえ京子ちゃん。前回は確か……短編のプロットを長編にしたい、ってところで終わったよね」

「そうね」

平然と頷《うなず》く京子に、モリナガはいよいよ眉《まゆ》を吊《つ》り上げた。

「それなのに、今回の出だしは起承転結。しかもそれすら無視してテンポの話しかしていない……これはどういうことですか？」

「だから、小論文の勉強をしてないからそんなわかり易《やす》い構成できないの。こんな小説誰も真面目《まじめ》に読んでないから大丈夫なの」

嘆息《たんそく》してから、京子は言った。

「でも全く無意味というつもりもなくて……今回説明した『テンポ』。それによって培《つちか》われた『距離感』。この二つは、長い物語を構成する上でとても重要な感覚なの」

如月が訊《たず》ねる。

「さっきも言っていたが、『距離感』とはなんのことだ？」

「どんなお話を書くにも必要になる、基礎《きそ》感覚」

京子はそう言って、真摯《しんし》な顔で森の彼方《かなた》を指差した。

「旅に出るのに目的地まで何㎞か。そこに辿り着くまでに、山はいくつで、それは長い道のりのどこにあるか。現実の旅なら、地図を見れば一発だけど……ライトノベルを書く場合はその地図を、自分の頭の中で漠然《ばくぜん》とでも構成しなくちゃいけないわ」

そしてアイミへと視線を移す。

「アイミも、自分の目で見える範囲……アニメ一話分の距離《きょり》。短編くらいの距離ならパッと見渡《みわた》せるから、どこでどうすればいいか。なんとなくでも、すぐにわかったでしょう」

「うん。でも長編って言われるとなんだか急にぼんやりして……どのくらいのところでどうすればいいか、わからなかったよ」

「そういうこと。なのでアイミみたいに経験が浅くて何もわからなかったり、長編という敷居《しきい》の高さに戸惑《とまど》っている人は……とりあえず1場面10枚という歩調で、進んでみてはいかが」

次に京子は二本の指を立てて見せる。

「とにかくこの、『テンポ』と『距離感』というのは絶対必要なくせに……書かないことにはなかなか身に付かない厄介《やっかい》な感覚だから。書きたいことが見付かったら、まず短編でも長編でもなんでもいいから、書き始めてみて。そのうちきっと、自分の中の『テンポ』と『距離感』が定まってくるわ。体操の選手が空中で回転する自分の姿をイメージしたり、イラストレーターが人形を見ずに構図を捉《とら》えられたりするようにね」

「なるほど……一応、それらしい考えがあってのことだったのですね。京子が真面目にアイミのことを考えているとわかって、ひとまず安心しました」

モリナガは感心して頷いた。

「私は普段《ふだん》読むことしかしませんから……書き手からの視点というのも、なかなか新鮮《しんせん》で興味深かったです。将来アイミの書いた本や、ひょっとしたら、この小説を読んでいる誰かの書いた本が、私の図書館に並ぶこともあるかも知れない……そんなことを、期待して止《や》みません」

「ええ、創作の可能性は無限大ですものね。さて、今日はもう日も暮れてきたわ」

京子は眩《まばゆ》い金色に塗《ぬ》られゆく西の空を見渡した。

アイミが手首を返して時計を見る。

「ほんとだ、もうこんな時間」

「そうだな、暗くなる前に私が送っていこう」

思い出したように立ち上がるアイミと如月。

そこでふと、京子は問いかける。

「そう言えば如月も、もう何か書いてみてるの？」

「う、その……まあ、アイミに見せてもらったプロットをアレンジしたりして……だが。

半信半疑だったが……まあ、その。楽しいな」

「そう。それなら良かったわ」

京子はニコリと微笑《ほほえ》んだ。

「それじゃ京子ちゃん、またライトノベルのこと教えてね！」

「アイミが来るなら、私もまた来ることになると思うが……」

「ええ。また二人で、いつでもいらっしゃい」

夕日にも負けない明るい表情で、仲良く帰っていく二人の後ろ姿を見詰《みつ》めながら……京子は軽く手を振《ふ》った。

そして退魔師《たいまし》が魔窟《まくつ》と称《しょう》した場所に、二人の妖怪《ようかい》だけが残る。

「……何が目的なのですか、京子」

声を低くしたモリナガに、京子はゆらりと振り返った。

「あら、藪から棒に。この私が何か企《たくら》んでいるとでも？」

「妖怪が直々に人間にワザを伝授する……平安の昔に人間との間に交《か》わされた禁忌《きんき》を犯《おか》せば、世界妖怪機関が黙《だま》っていませんよ」

「私昭和の生まれだしそういう設定知らないから大丈夫」

「おい今の年号言ってみろ17歳」

京子は水面でも進むかのように、優美に歩きながらほくそ笑《え》んだ。

「ふふふ。やはりあなたに隠し事は通用しないみたいね、モリナガ……いいわ、あなたにだけは特別に教えてあげましょう。私の真の目的を……」

「真の《の》……目的？　それは……？」

息を呑むモリナガが見たのは、妖怪然とした京子の邪悪《じゃあく》な笑みであった。

「ハルヒが爆裂《ばくれつ》大ヒットしたあと二匹《ひき》目のドジョウで甘い汁《しる》すすろうと雨後の竹の子の如《ごと》く乱立したライトノベルレーベルの統一！　業界の再編なのよ！　可愛《かわい》いアイミをライトノベル妖怪であるこの私の手によって超《ちょう》一流売れっ子アイドルスニーカー文庫作家に仕

立て上げればアイミ・ロールシャッハ先生に憧《あこが》れた金の卵がスニーカー大賞に応募殺到《おうぼさっとう》！　莫大《ばくだい》な利益を得た角川グループホールディングスはガンガンと他社レーベルに買収攻勢《こうせい》を仕掛《しか》け、かくして全《すべ》てのライトノベルはライトノベルの始祖たる角川書店とその直系である角川スニーカー文庫のもとに統一されるのよぉーッ!!　ウフフ!!　ウフフハハ!!　アーッハハハハハハハッ――!!」

「自前の週刊マンガ誌持ってる辺りは無理だろ」

「どうしてそんなリアルな話をするかしら!?　どうせフィクションでしょ!?　夢があるでしょ!?」

「最初にリアルな話をしたのはお前だ」

ゴン、と音がするほど強く、モリナガは京子を殴《なぐ》った。

「でも努力すれば不可能はないとか！　勇気を持って進もうとか！　信じれば夢は叶《かな》うとか！　いろんなラノベとかマンガとかアニメとかゲームとかでも言ってるじゃない!?」

「その手の理屈《りくつ》が通るのは『○○を守りたい』とかの綺麗《きれい》事のときだけだ。『買収』って何だ」

さらに京子の顔面に蹴《け》りを入れ、モリナガは言った。

「レーベルが増えたおかげで作家やイラストレーターにも活躍《かつやく》の場が増え、私たち読者にとっては選択《せんたく》の幅《はば》が広がり、面白《おもしろ》い作品に出会える可能性も増えました。少ないシェアを食い合ってどうこうなんていうのは売り手の理論。私のような読み手にしてみれば、作品さえ面白ければ他《ほか》はどうでもいい話です」

「そ、そうだったのね……レーベルなんてどうだっていい……大事なのは読んでくれた人が楽しんでくれること……。私はライトノベルにとって、一番大切なことを見失っていたのね……」

ふらふらと京子が立ち上がる。

「……私が間違っていたわ。ごめんなさい、モリナガ」

「わかればいいのです、京子サクリファイス」

「でもみんなはスニーカー大賞に応募《おうぼ》してね☆　ではまた次回」

Season.1

第六話

羅延町《らのべちょう》五番街五。

普段は誰《だれ》も近付かない、深く静かな森の奥。

セーラー服姿をした艶《つや》やかな黒髪《くろかみ》の少女が、木陰《こかげ》のテラスに佇《たたず》んでいた。

「こんにちは、ライトノベル妖怪の京子《きょうこ》サクリファイスです。簡単のために羅延町なんてわかりやすく適当な場所に住んでいますが、今度引っ越《こ》そうかと思っています」

モリナガが現れた。

「どこに引っ越すのですか」

「すにすに村」

「お前ほんとそういうの好きだな」

「だってもうとっくに廃村《はいそん》になってるみたいだし、妖怪一人くらい引っ越しても誰も文句言わないでしょ」

そこへアイミと如月《きさらぎ》がやってきた。

「来たよー、京子ちゃん！」

「あら、いらっしゃい二人とも」

「今日もモリナガが一緒《いっしょ》なんだな」

「いま話してみたところ、やはり京子一人で講義させるのは不安なので」

講の1　プロットは難しい。

如月が困り顔で切り出した。

「実は京子、私も前回の話のあと、思いきって長編を書き始めてみたんだが……中盤《ちゅうばん》辺りで行き詰《づ》まってしまったんだ」

「あら。まあ、よほどストーリーの構想をイメージできているか、よほど才能があるかじゃないと……普通《ふつう》はそんなものでしょうね。ちなみにプロットは作ってみた？」

「いや、アイミの言うとおり書こうと思ったけどなかなか難しくてな……何だかプロットと言うより、アイデアの箇条《かじょう》書きみたいな感じで終わってしまって」

「なるほどね」

京子は頷《うなず》いた。

「いきなり長編を書くことは難しい……それはなぜかというと、長編用のプロットが難しいからじゃないかしら」

アイミが相槌《あいづち》を打つ。

「お話の大きな設計図……前回で言うところの広い地図が、ぼんやりとしか浮《う》かばないもんね。それは書きたくても書けないよ」

「でも、短編は書けたわよね」

「うん。プロットを作らなくてもいいくらい短いから……直感的でも、書けるんだよね」

アイミの言葉を聞きながら、京子はいつものようにティーセットを並べ始める。

「言い換《か》えると……短編はパッと全体をイメージできるけど、長編だと距離《きより》が長大になるから、頭の中で一度に把握《はあく》しきれない。じゃあやっぱり、全体を見渡せる地図を作った方がいいのかしら？　作るにしても先の方はまだわからないから、とにかく最初の方から埋《う》めていこう……」

ピコーを取り出す。

「で……中盤に差し掛《か》かった頃《ころ》、どの辺りで何をすればいいかわからなくなる。アイデアがまとまらない。ごちゃごちゃする。うまくいかないということは、この話は駄目《だめ》なんだろうか……？　また最初からやり直し。同じことを繰《く》り返す。不安になる」

話を聞いているうちに、アイミと如月の顔がどんどん憂鬱《ゆううつ》になっていった。

「私、才能無いのかなぁ……」

「やっぱり自分には向いていないのか……」

「……となる。これが、『まずプロットありき』の最大の罠《わな》なのよ。まさに孔明《こうめい》級の大トラップ」

モリナガが首を傾《かし》げた。

「そんな真面目《まじめ》な京子、初めて見ました。誰かにも経験が？」

「デビュー前は調子こいて勢いだけで書けてた林トモアキ先生がデビュー後、『お金もらうんだから真面目にやらなきゃ……』と、真っ正面から取り組んでみた結果がさっきの負のスパイラル」

京子はピコーを四つのティーカップへ注いでいく。

「もちろん、ハウツー本や雑誌の言ってることも正しいの。確かにプロットは心強い味方。『絶対に裏切らない呂布《りよふ》が孔明の計略をまき散らしながら突《つ》っ込んでいく』くらい完全無欠な味方になってくれるわ」

「チート乙《おつ》」

と言うモリナガへ、京子はティーカップの一つを渡《わた》す。

「なのだけれど、長編くらいのプロットはよほどのセンスがないと、いきなり一から十まで固めるのは難しいのよ。初めて長編を書こうというのならなおのこと。でも初めて書こう、書きたいって人ほど、何もわからないから……心細くてハウツー本を読んだりして。プロットがいかに大切かということを、肝《きも》に銘《めい》じてしまう」

モリナガは頷いた。

「そうですね。前にあなたたちが、小説を書くのに教師やコーチはいないと言っていましたが……唯一《ゆいいつ》、教科書たり得る書籍《しょせき》がそう言っているのですから。信じざるを得ませんね」

「で……アイミや如月みたいになってしまうのね。そこで諦《あきら》めずにプロットを書き切ればいいわ。それはもちろん最高よ。でもそこが苦痛で諦めてしまうんじゃ……もったいないと思うの」

モリナガは頷いた。

「なるほど。目的は小説を書くことであって、プロット作りに心血を注ぐことではない……と、言いたいわけですか」

「ええ。もちろん『そうしたプロット作りも含《ふく》めて小説を書くということなんだ』、という人もいるかも知れないし、確かにプロットがあった方が後々の小説の完成度は上がるでしょうけど……右も左もわからないうちから完璧《かんぺき》を目指すような姿勢は、やっぱり、人によっては苦行だと思うのね」

アイミが挙手する。

「けど京子ちゃん、私みたいな初心者の距離感《きょりかん》で見えるのは、最初の部分だけだもの。しっかり作ろうとしたら……それは、見える部分から少しずつ固めていくしかないよ」

　これに如月も同意した。

「そうだな。京子の話では、大きな構想のためにはプロットが必要。でもその長いプロットのためには、大きな構想の全体を把握することが必要……」

　続けてモリナガが肩《かた》をすくめる。

「話を聞いてるとなんだか、こっちがなければ、あっちができない。でもあっちがなければ、こっちもできない……その時点でひどい悪循環《あくじゅんかん》ではありませんか」

「ええ。そこであるとき、林先生が林先生なりに気付いたわけ。要領のいい人ならちょっと考えればすぐ気付くでしょうし、わかってる人は、もう薄々勘付《うすうすかんづ》いてるかも知れないけど……まあそこはさすが林先生なので、プロになってしばらくしてからようやく気付きました」

　京子はティーカップに一度口を付けてから言った。

「長編を書くための、一番簡単な方法を教えるわね」

　特に大袈裟《おおげさ》でもなく、人差し指を立てる。

「長編プロット書けないなら、短編プロット使えばいいじゃない」

「「え？」」

「はい注目ッ!!」

講の2　超スキマ法（その基礎）。

……と、京子はどこからともなく取り出した黒板に、チョークで書き殴《なぐ》った。

「さて短編用のプロット……お馴染《なじ》みの『アイミプロット』の場合だと、5場面あるわね」

「うん」

「では仮に250枚の長編を書くとしたら、1章に50枚を割《さ》くとして」

アイミがぽんと手を打った。

「あ……短編の1場面を、その1章ずつに割り当てる？」

「YES！　これで、始点と終点しかイメージできなかった道のりが『50枚ごとに1イベント起きる』ことだけは、決定できるの」

「言い換えると……どの章では何を書けばいいかが、決まったんだね！」

「そうか、確かに、その方がずっと話を考えやすいな」

明るい顔で頷き合うアイミと如月。

「展開の都合とはいえ理想的なリアクションをありがとう。二人は本当にいい子だわ」

ハンカチを目頭《めがしら》に当てて頷く京子に、モリナガは首を傾げた。

「え。たったそれだけですか？」

「そう思って拍子抜《ひょうしぬ》けした人は、もう長編を充分《じゅうぶん》書けるか……長編プロットが、『たったそれだけのこと』になったということ」

フフフと、京子は妖艶《ようえん》に微笑《ほほえ》んだ。

「で……どうかしら。長編への取っ付き方がまるでわからなかったような人は、これだけでも随分《ずいぶん》印象が変わるんじゃないかしら？　長編は、幾《いく》つかの短編に分けることができるわ。でも、バラバラの短編をくっつけたんじゃ意味がない。

だったら……バラバラのお話をまとめるのではなく、もうまとまっているお話を持ってくる。お話としてまとめることのできる短編を、思い出したように拡大してやるの」

バッ！

「短編プロット超拡大法……これぞ名付けて、『**超スキマ法**』よっ!!!」

ババァーン!!

講の3　超スキマ法（その発展）。

「フッ……」

肩の髪《かみ》をかっこよく払《はら》い除ける京子へ、アイミが質問した。

「どうしてスキマ法なの？」

「いっぱい空くでしょ、隙間《すきま》。あと、この小説が東方動画のシナリオだった頃の名残《なごり》」

如月が腕《うで》組《ぐ》みをする。

「確かに、もともと段落番号一つ分（10枚）のつもりだった話を、1章分（50枚）にしたら……内容がスカスカになってしまうな」

「ね☆」

「駄目だろ」

ウィンクする京子の後ろ頭を、モリナガがひっぱたいた。

気にせず京子は続ける。

「いいのよ。短編一つ分の距離感がわかる人なら、とりあえず長編という距離感を掴《つか》むきっかけにもなるはずだから。そしたらあとは1章ずつ、短編の要領で埋めていけばいいだけじゃない」

紅茶を飲んで如月が言った。

「とは言えライトノベルに空いたスキマ……その空白を埋めるとは、そもそもどういうことだ？」

アイミが小首を傾げる。

「それはもちろん、お話を書くってことだから……そのスキマを埋めるための話のネタが、また必要になってくるよね？」

「ネタの話なら、もう最初の方でしちゃったわ。真面目に、逆さに振《ふ》ってもあれ以上はアドバイスできないの」

アイミは瞬《まばた》き一つ。

「じゃあ……講座は終わり？」

「全くわからない人向けの、基本的な部分のお話は……もう、全部しちゃったわね」

京子は思い出したように麦チョコの袋《ふくろ》を取り出し、ザラザラと皿の上に開け放った。

「でもこれまでのことをうまく使えば……書きたいことが決まってる人だったら、短編でも長編でも。理論上は銀英伝クラスの超大作でも書けるはず」

モリナガが麦チョコを一掴みして言った。

「理論上ですか……机上《きじょう》の空論という言葉もありますよ。そもそもアイミのプロットを長編にする、というところから始まった話でしょう」

「ぐ……。まあ……確かに」

痛いところを突かれて窮《きゅう》する京子。

アイミが麦チョコを摘《つ》まみ上げる。

「最初の方の話だと、書きたいことをまず決めてから……だったけど」

「話の流れの中で、書きたいことを入れ込んでいく……というのは、また勝手が違《ちが》う気がするわね。ふむ」

京子は黒板に、再びアイミのプロットを書き出した。

「じゃあまたアイミプロットを見てみましょうか。

①　主人公アイミ・ロールシャッハの登場と紹介《しょうかい》。
②　友人の鳳凰堂《ほうおうどう》如月からキーになるアイテムの入手。
③　協力者モリナガからの情報収集。
④　ラスボス京子サクリファイスとの出会いと開戦。
⑤　決着と物語の締《し》め。

……書く要素が、五つあるわね」

「そうだね」

頷《うなず》くアイミへ、京子は五指を広げてみせた。

「この五つの要素を、長編に相応《ふさわ》しい、一回りスケールの大きな話にするわけ。短編の距離感を摑んでる人なら、次のお話を考えるとき。この一つ一つを短編くらいのお話と考えてネタを見据《みす》えると……自然と、長編の全体像も見渡《みわた》せてくるはずよ」

京子は黒板のプロットに向き直る。

「さて……じゃあ。ま、私の感覚から行くと……


1章・アイミ登場。

(新聞を読む、テレビを見るなどして世界観や設定、状況《じょうきょう》の説明を織り交ぜる)

2章・如月の家への侵入《しんにゅう》とアイテム奪取。

(侵入時に鳳凰流門下生との迎撃《げいげき》戦が発生。脱出《だつしゅつ》時に如月が立ちはだかる)

3章・図書館でモリナガとの会話。

(モリナガと勝負して勝ったら情報入手、という展開もおいしい)

4章・羅延町五番街五で京子と遭遇《そうぐう》する。

(敵だった如月とモリナガが、アイミの助けに駆《か》け付ける)

5章・決着と物語の締め。

(爆発《ばくはつ》。何かいい話っぽくするもよし、笑えるオチを付けるもよし)

「……と、こんなところかしら」

アイミが笑顔《えがお》で頷いた。

「うん、一回りお話が大きくなった感じはするね！」

「でしょ？　その場面に即した展開や、その場面に連なって自然に起こり得ると思われるイベント。それを一行ずつ書き加えるだけでも、これだけ補えるわ」

京子は振り返って言った。

「短編一つ分くらいの距離感がある人なら、どうかしら。1章目はまだ50枚には足りないかも知れないけど……その分、2章目、3章目なら50〜100枚くらい書けそうな気がしないかしら」

「少なくとも、小段落の10枚や20枚じゃ収まらないような気がする。そんなに短くしたらもったいないよ！」

アイミは自分のプロットの変貌《へんぼう》に驚《おどろ》きながら、両手を握《にぎ》り締めていた。

「でしょ？　さっきは隙間が悪いことのように言われたけど……隙間が空くということは、それだけ自由度が増えるということでもあるわ。自由になった分だけ、新しくキャラクターを加えてみたり、山場である戦闘《せんとう》シーンなんかをより長く、より派手に描写《びょうしゃ》できる余地もある」

戻《もど》ってきて京子は椅子《いす》に腰《こし》を下ろした。

「全くゼロの状態からお話を考えるのは、パクパクが必要なくらい難しいけど。付け足し、付け足しで話を膨《ふく》らませていくのは、とても楽しいことのはずよ。……と、まあ、私や林先生は、こんな感じでライトノベルを書いているわね」

そこでモリナガが指摘《してき》する。

「でも、まだ章と章のつながりがめちゃくちゃではありませんか」

如月もその意見に賛同した。

「そうだな。どうしてアイミが私のところへ来るのか、とか……私と戦ったあと、なぜ五番街五へ行ったのか。なぜ敵だった私たちがアイミを助ける気になったのか、とか」

「ま、いいじゃない」

京子はあっけらかんと紅茶を飲み干す。

「そういう細かい部分が気になる人は、今度こそハウツー本を参考に、アイデアを整理しながら詳《くわ》しく書き込んでいけばいいんだし。じゃなかったら……激流に身を任せ、勢いのままこじつけていくも良し」

「いい加減だなぁ……」

呆《あき》れる如月へ、しかし京子は指を振った。

「こじつけこじつけ、理由付け理由付け……言葉のイメージは悪くても、この場合は意外と武器になったりもするのよ」

「「「？」」」

「読む方は、ストーリーの主軸《しゆじく》や話の流れに無関係な描写って、それなりに長く感じるんだけど。なぜそうなったのか。あるいはそうなるための、フラグっぽい描写や会話……そういう、意味のある情報って意外に読んでて退屈《たいくつ》しないわけ」

アイミは瞬《まばた》きする。

「間延びして感じにくいんだね？」

「そういうこと。結局こんな小説だから、口先だけでしか言えないんだけど……ライトノベルを書いた経験がいくらかある人なら。このプロットで長編１本、書けそうな気がしないかしら？　短編プロットからでも、長編を書ける可能性があるということを……感じ取ってもらえればいいんだけど……」

徐々《じよじよ》に尻窄《しりすぼ》みになっていく京子の声に、モリナガが訊《たず》ねる。

「どうかしたのですか？」

「実は問題もあって……」

「何ですか」

「なんか……やたら戦ってるでしょ、これ」

アイミが黒板を振り返って頷く。

「そうだね。顔を合わせるなり戦闘ばっかりだね」

「林先生が、基本そういうお話大好きなマックスドリーマーなので……ジャンルや作風の違う人には全く説得力ないかなぁ……とか」

如月が難しい顔をする。

「だが厳密な意味でこの講座を受けているのは、アイミと私だけなんだろう？」

「はーい、そうですよねー、気にしませーん」

京子はケロリと微笑《ほほえ》んだ。

「そんなわけで、もし興味を持った人はこの『アイミプロット（超《ちょう》スキマ法仕様）』。最初の『アイミプロット』と同じように、長編の距離感《きょりかん》やテンポを掴むための練習に、実際に書いてみてもいいし。ティンと来そうな人はまたいろいじって、同人誌や何かのネタにしたりして、自由に楽しんでみてね！」

講のまとめ……………………

紅茶を飲んでアイミが言った。

「今まで知らなかったけど、林なんとかって人は厨二病《ちゅうにびょう》系のバトルもの作家なんだね」

京子がかっこよくポーズを決める。

「剣《けん》と！　魔法《まほう》と！　銃《じゅう》が！　それはもう、バッツンバッツンと!!」

モリナガは如月の方を見た。

「ところで如月は、どんな小説を書いているのですか？」

「えっ？　わ、私か……？　う……うん。まあ、こんなのなんだが……」

如月が気恥《きは》ずかしそうにコピー用紙の束を取り出す。

「あ、如月ちゃんが途中《とちゅう》まで書いたっていう原稿《げんこう》だね！　えっと、タイトルは……『ウインド・オブ・エイジア　～アジアに吹《ふ》く自由の風～』……」

京子は目を丸くした。

「……なんか、また恐《おそ》ろしく渋《しぶ》いタイトルね。ドキュメンタリーチックというか」

「ひょっとして、如月の目指しているのは文学方面の新人賞ですか？」

モリナガの言葉を、如月は慌《あわ》てて否定した。

「いや、まさか！　そんな立派なのじゃなくて！　ヘタリアみたいな若者たちが登場する、れっきとしたライトノベルのつもりなんだが……」

「どんなお話なの、如月ちゃん」

アイミに聞かれては断ることもできず。

「あ、う……か、簡単に説明すると、その……戦争終結直後の、アジアにある架空《かくう》の国が

舞台《ぶたい》で……戦争の空《むな》しさを知った、連合軍と枢軸《すうじく》軍の愚連隊《ぐれんたい》同士が手を取り合って……植民地だった小国の、自由と独立のために戦っていく……という感じなんだが……」

「やだ、何それカッコイイ⁉」

「如月△‼」

京子とモリナガから尊敬に近い眼差《まなざ》しで見詰《みつ》められ、如月は頰《ほお》を赤らめた。

得心して京子は言った。

「確かにそこまで壮大《そうだい》な設定だと、登場人物も多そうだし……プロットの段階でかなり練り込んでおかないと、行き詰《づ》まるのも無理ないかも知れないわね」

「美少女中心で兵器考証などをしっかりすれば、あくしずレーベルでもいけそうですね」

モリナガが言った後、ふとアイミが訊ねた。

「私が初めて書いたのは爆発《ばくはつ》ものだったけど……林なんとかって人が初めて書いた小説は何だったの？」

「エロ小説のエロのみ」

「う……うわぁい……」

「小説じゃねえだろそれ」

「これがほんとの処女作品ッ！　なーんて、ねっ☆」

京子は人差し指を立てて、とびっきり可愛《かわい》らしいウィンク一つ。

「……。」

「……。」

「……馬鹿《ばか》じゃねえの」

「また次回ッ!!」

Season.1

第七話

羅延町《らのべちょう》五番街五。

普段《ふだん》は誰《だれ》も近付かない、深く静かな森の奥。

セーラー服姿をした艶《つや》やかな黒髪《くろかみ》の少女が、薔薇《ばら》の咲《さ》き誇《ほこ》る庭園に佇《たたず》んでいた。

「こんにちは、ライトノベル妖怪《ようかい》の京子《きょうこ》サクリファイスです。当初の目的であった、全くわからない人に『ちょっと書いてみようかな？』と思ってもらうためのお話はあらかたしてしまったので、一応、講座っぽいお話は今回で終わりになります」

「一応ってなんですか」

「あらモリナガ。だってほら、これを読んで創作に挑戦《ちょうせん》してみた人や、小説を書きたくなった人から質問とかファンレターとか殺到《さっとう》するかも知れないじゃない。この小説は文庫や雑誌じゃなくてWEB連載《れんさい》だから、そういうことにもフレキシブルに対応できるって寸法よ」

「抗議《こうぎ》の方が多そうな気がしますが」

「そういうのは編集部の仕事だから私には関係ない」

「温厚《おんこう》なスニーカー編集部もいい加減キレるぞ、おい」

そこへいつものようにアイミと如月《きさらぎ》がやってくる。

「こんにちはー、京子ちゃん！」

「今日もいつものメンバーだな」

「いらっしゃい、二人とも」

四人揃《そろ》ったところで東屋《あずまや》に入り、さっそく京子はお茶会の準備を始める。

「待ちなさい京子。あなたの家にはピコー以外の飲み物はないのですか」

「……ピコーが一番短くて打つの簡単なんだけど」

京子はひとしきりモリナガに殴《なぐ》られてから、キリンレモンをテーブルに並べた。

【講の1　超スキマ法（その理論）。】

「前回は長編を書く上での、具体的な手法の一例として『超スキマ法』を紹介《しょうかい》したわね。

今回はライトノベルの基本構造を俯瞰《ふかん》することで、なぜ超スキマ法が有効に機能するのかを解説していくわ」

「物語の構造なんて、それこそ学術書やハウツー本に譲《ゆず》るべきでしょう。起承転結も知らない馬鹿に、どれだけのことが言えるというのですか」

「あ、ごめん、それもそうね。はい」

キリンレモンを他《ほか》の三人のコップに注ぎながら、京子は続けた。

「じゃあ『起転結』と『超スキマ法』の話だけにしておきましょうか。結局、アイミプロット（ノーマル仕様）の場合だと……起承転結の4パートに分けるのって難しくない？」

京子は先日の黒板に、改めてそれを書き移した。

「えーっと、『起』は①、『結』は⑤だとしても……」

そこまでチョークで書き込んだところで、アイミの手は止まってしまう。

モリナガが助言した。

「定義上は『転』も、⑤に食い込みますね」

今度は、如月が腕組《うでぐ》みをして考える。

「しかしだ……かと言って、②〜④全部が『承』か、っていうと……」

京子は首肯《しゅこう》。

「……ごめん、どうなのかしら。よくわからないけど」

「いい加減覚えなさい」

モリナガは呆《あき》れながらポッポ焼《や》きの袋《ふくろ》を開け、皿の上に取り出した。

「『承』とは話題を広げる部分のことです。この場合だと一応、②～④には当てはまっていますよ」

「でも、杓子定規《しゃくしじょうぎ》に『起承転結』でお話を構成しようというのも、長編小説では難しいと思うのよね。キリよく200枚の長編を書くとして……、『起承転結』それぞれが50枚ずつ？　それは違《ちが》うわよね」

京子はポッポ焼きを一本手に取り、一囓《ひとかじ》りした。

「じゃあ定義どおりに受け取って、『承』が120枚くらいになっちゃうの？　だったら短編二つ分もある、その「承」の内訳はどうするのか……。200枚でもこれなんだから、これが300枚、400枚ともなれば」

モリナガが観念したように嘆息《たんそく》した。

「どうあっても四段構成に難癖《なんくせ》付けて持論の『起転結』を当てはめたいのですね」

「展開の都合上ね。そんなわけで、わかりやすく『起転結』にしてみたの。『起転結』の『転』は、簡単に言うと、山場の数よ」

アイミがそれを聞いて指折り数えた。

「転、転、転……で、私のプロットだと三つあるね」

「じゃあ、これがもし一つだけ……『アイミと京子の対決』しかなかったらどうかしら？」

なるほど、と如月は頷《うなず》いた。

「到底《とうてい》、間が持たなくなるな」

　それにはモリナガも賛同を示す。

「いきなりラスボスと出会って、延々戦い続けるだけ……というのは、よほどじゃないと話の深みは出なさそうですね」

「ええ。その間を持たせるために必要なのが、話のネタ。ではライトノベルを、長編を書くとはどういうことか。極論、クライマックスまでいかに間を持たせるか、ということなの」

「身も蓋《ふた》もない話になりましたね」

「今回は解説だから、リアルな話になってごめんね。でもあながち間違《まちが》ってもいないと思うの。あなたの書きたいことは何か、という目標がまず決まったら……次にどうやっておお話をそこへ持って行くか、となる」

　京子はポッポ焼きを食べながら、黒板に書き込んだ。

「言い換《か》えると、間を持たせるにはどうするか。間を持たせるためには何が必要か」

　大きく二文字。

「『ネタ』」

　そしてアイミたちを振《ふ》り返った。

「クライマックスの一番書きたいことを『大ネタ』として、間を持たせる中盤《ちゅうばん》の山場を、

『中ネタ』とするわ。中ネタと中ネタを繋《つな》ぐ、場面展開のための会話や移動のシーンを、便宜上《べんぎじょう》、『小ネタ』としましょう」

それぞれの単語を書き込んでいく。

「ライトノベルというのは、この三つのネタが非常に複雑に組み合わさった読み物なのね」

赤いチョークで、三つの単語をぐるぐると囲い込む。

「『超スキマ法』。どうして短編プロットを長編用として拡大しても、破綻《はたん》しないか？　物語の骨格となる、『大ネタ』と『中ネタ』が揃っているからなのよ。この場合の短編プロットの重要性は、物語の基本骨格を構成する、最低限の要素が含《ふく》まれていること。つまり『大ネタ』『中ネタ』の最低限を、全体を俯瞰して配置できることにあるの。それがいきなり長編プロットを一から作ろうとすると、どんな場所で、どんな会話をさせて、次にどこへ行って……なんて、『小ネタ』ばっかりをいじり回して、疲《つか》れることになるわ」

振り返って一息。

「核心《かくしん》を言うわね。大きな物語を作る上で大切なのは、『大ネタ』と『中ネタ』のみ。それさえ決まっていれば、『小ネタ』なんて後からいくらでもこじつけられる」

そして首肯。

「では頭の中の物語を、思うがままに展開させるための力とは何か？　それは『大ネタ』へ至るまでの、『中ネタ』の配置センス。そして、それを自由自在に操《あやつ》れるようになるために絶対必要なものこそが……『テンポ』によって培《つちか》われた『距離感《きょりかん》』なの」

アイミは思い出しながら言った。

「京子ちゃんが最初、プロットをあんまりお勧《すす》めしなかったのは……頭の中で覚えてられる程度の短編なら、わざわざプロットなんかにまとめる必要ないし。把握《はあく》できない長編プロットなんてそもそも無理だから……どっちにしろそこまで意味はない、って考えからだったんだね」

「ええ。本当になんにも経験がない人は、そうだと思うの。プロットなんて難しく考えず、とにかく書いて……なんとなくでも『距離感』を摑《つか》む方が大事だと思うからなのね」

京子はもう一本ポッポ焼きを摑み、口に咥《くわ》える。

「でも『距離感』さえ摑んでしまえば……その範囲《はんい》内でなら、頭の中でいくらでもお話をこね回せるようになる。メモ帳すらいらないわ。通勤通学のちょっとした時間にでも。思い付いたアイデアを配置し、組み合わせてみることができる……。これは、かなりのアドバンテージだと思うのね」

そして薔薇庭園を見渡《みわた》した。

「なんでもいいから、書きたかったらとにかく書きましょう……と、しつこく言っているのは、そういうことなの。『テンポ』を摑み、『距離感』を覚えるために、短編でも、先の見えない長編でも、なんでもいいから書いてみて。そして完成しなくてもいいから、自分で一度、書いてみてから……創作が楽しいか、自分には合わないかを、決めて欲しい。やってみたいなら、やらないうちから諦《あきら》めないで欲しい。そうならないような、何かヒントを……と。こういうことだったのね」

振り返り、柔《やわ》らかく微笑《ほほえ》む。

「……どうかしら。なんとなくでも、今までの話を通して私が言いたかったこと、わかってもらえるといいんだけど」

講の2　アイミへの講座は、これにて修了です。

「経験のない人向けには、こんなところかしらね。どうだった？　アイミと如月は」

「うん、ありがとう京子ちゃん！　私、自分のプロットを使って……新人賞の応募《おうぼ》作品、書いてみるよ！」

「そうだな。私には幸い、アイミという友達もいるし……うまく書けるかどうかはともかく、最後まで挑戦《ちょうせん》してみようと思う」

「そう、良かったわ」

椅子《いす》に掛《か》け直して、京子はにこりと笑った。

「私は、私の退屈《たいくつ》を紛《まぎ》らわせたいだけのこと……二人がそれに値《あたい》するような作品を書いてくれることを、期待しているだけよ」

「うん！　楽しんでもらえるように、頑張《がんば》ってみるね！」

「世話になったな、京子。今度来るときは原稿《げんこう》と一緒《いっしょ》に、お茶のお礼も持ってくる。それじゃあ！」

そうして二人の少女は、薔薇《ばら》の垣根《かきね》の向こうへと帰っていった。

キリンレモンを片手にモリナガは言った。

「アイミたち、いい顔で帰って行きましたね」

「ま。アイミたちは純粋《じゅんすい》に書くことが楽しくて、書きたいものがある……っていう理想的な設定だから」

「主人公補正というやつですね」

「誤解されないように一度整理しましょう。まず、この一連の小説はなんだったのか」

京子は続けた。

「自分でもライトノベルを書いてみたいけど、全くとっかかりが摑めない人に、書き始めるためのヒントやきっかけになってもらえれば……というだけのものよ」

「そうでしたね。では、実際に書き始めるには？」

「書きたいことを決めること（もしくは決まっていること）。理想は、無理せず短編くらいから。どんな内容でもかまわない。最初はオチとかストーリーの破綻なんて気にせず、筆の進むまま気楽に。1場面10枚くらいを目安に。そんなことを繰《く》り返すうちに、なんとなく短編がどのくらいの距離《きょり》かを把握して……かつ、〝創作って面白《おもしろ》い！〟って思えたら」

一度頷く。

「気ままに、個人でそれを楽しんでみるのもいいし。短編だけじゃ物足りないって人は……長編にチャレンジしてみたり。うまく書けたと思ったら、新人賞で適当に腕試《うでだめ》ししてみるのもいいわね」

「しかし、万事《ばんじ》うまく行くとは限りませんね」

「ええ。だから、もしそんなとき……たとえば短編と長編のスケールの違いに戸惑《とまど》っている人がいたら。プロットの書き方について悩《なや》んでいる人がいたら。私や林先生は、こんな風にお話を作っているわよ……という実例が、『超《ちょう》スキマ法』だったわけね」

「参考を推奨《すいしょう》するものではないのですね」

「ええ。あくまでも、ヒントか何かになれば……程度の例示でしかないわ。だから、この小説が的外れなことを言っている、と思った人。その人はもう充分《じゅうぶん》、自分なりのやり方……感覚を身に付けているということ。私の言葉なんか気にせず、思うがままに創作活動を楽しみましょう。それが何より素敵《すてき》なことよ」

モリナガは首を傾《かし》げた。

「物語の作り方について、本当にコレといった定石はないのですか？」

「テレビドラマの脚本家《きゃくほん》とか……そういうレベルになると、何かセオリーがあるような気がしないでもないんだけど」

「確かに『水戸黄門』や『渡《わた》る世間は鬼《おに》ばかり』なんて、あれだけ続いてもネタが尽《つ》きないですからね」

「あ、それと途中《とちゅう》で思ったんだけど……モリナガみたいに『読書大好き！』なんて人は、書かなくとも大体の『距離感』を把握しているかもね」

それを聞いたモリナガ。

「そうですね……文庫一冊が2～3時間で読み終わる分量とすると、幾《いく》つかの章に分けた場合、1章分はどの程度の量になるか……なんとなく、見当は付きますね」

「自分で読んでて心地《ここち》いいテンポを持っている作家がいたら。なんとなくでも、そのテンポをイメージして書いてみるとか。野球やサッカーを好きな人がその戦術に詳《くわ》しいように、ライトノベルを好きな人は、そういう感覚を利用するのも……」

モリナガが訝《いぶか》しんで手を挙げた。

「……ちょっと待ちなさい、京子。その理屈《りくつ》が通るなら、自分でも書きたいほどのライトノベル好きなんて、その時点で多かれ少なかれ読書家でしょうし。そうなると、この小説の意義って相当……」

「……」

「……」

「アイミはわかってくれたからそれでいいの！　これはアイミ・ロールシャッハという女の子のそういう物語だからいいの！　はい、おしまい！」

講の最後に……

「……ポッポ焼《や》きとキリンレモンって結構お腹《なか》が膨《ふく》れるのね」

「ぶっちゃけ粉ものと炭酸ですからね」

テーブルの上をあらかた平らげた後、京子は振り返った。

「さて。この小説では面白かった旨《むね》の感想と、京子サクリファイス流に適当に答えて欲しい質問だけ受け付けております」

「おい」

「ライトノベルを書いてみたいけど、まだこんなことがわからない。書いているんだけどここがうまく行かない、という初心者の方から。実際デビューしたらどんなことするの？　編集者ってどんな人たち？　といった読者としての素朴《そぼく》な興味はもちろんのこと。既《すで》にデビューされているお若い先生や編集者さんも、レーベルや出版社の自他は問いません。面白おかしくネタにできるご質問や内部告発、心よりお待ちしております。たぶんまともに答えられることほとんど無いし」

「では受け付けなければいいでしょう」

京子はむくれ、唇《くちびる》を尖《とが》らせた。

「だって他《ほか》にもう言いたいことがないんですもの。大丈夫《だいじょうぶ》よ、こんなネタ小説にマジレスする人なんていないから」

「これで総スカン喰らったらイタイだけの話ですよ」

モリナガの言葉に、しかし京子は頷《うなず》いた。

「でも、創作って本来そういうものでしょ。書いているときは、ただ『こんなお話は面白いんじゃないか、楽しんでもらえるんじゃないか』って思って書いているだけで……でも、実際それが他の人にとっても面白いかどうかは、実際に他の誰《だれ》かに見てもらうまではわからない。そうして先がわからないからこそ、せめて書く方は、書いているそのときくらい楽しまなくっちゃ」

「なるほど。そういうあなたはこのシリーズを通してどうでしたか、京子サクリファイス」

「ザ・スニーカーWEBのおかげで無料で読んでもらえるし、お金をもらうプレッシャーもないから無責任に好き勝手放題できて最高だったわ」

モリナガは親指立てる京子の後ろ頭をひっぱたいた。

「繰り返し言うがお前まだこの原稿一話も見せてねえだろ。質問が来る来ない以前に本当に連載《れんさい》できんのかコレ」

「知らない！」

「……一番イタイのは本当にこのまま連載された挙げ句一通も質問が来なかったときですが」

「どうせネットなんて匿名性《とくめい》の世界なんだから編集者にサクラでもさせとけばいいのよ」

「……。」

「といったところで、機会があったらまた次回！」

あとがき

いのですが。

京子《きようこ》たちがあまりにも好き放題喋《しやべ》ったために、私が面白おかしく書くことはあまりな

サイトトップのバナーのところに『京子サクリファイスの小説講座』なんて偉《えら》そうに書いてありますが、講座でもなんでもなくて『現役《げんえき》プロ美少女ライトノベル作家が教える！ライトノベルを読むのは楽しいけど、書いてみるともっと楽しいかもよ⁉』が正タイトルの読み物です。ええ、小説かどうかも疑わしいことは自覚しております。

と申しますのも、少々複雑な経緯《けいい》をたどった作品の出自からお聞きください。

当初は作中の京子が言ったとおり、会話劇動画用シナリオとして書き溜《た》めたものだったのですが、動画にするには絵も描《か》けないし曲も作れない、ニコニコ動画御中《おんちゆう》の利用規約もよくよく読み込むとなかなか難しい、うpしたところで公式サイトも持っていない身分では本人証明が難しく、作品の内容に関して信憑性《しんぴようせい》が保たれない……等々加味した上で、めんどくさくなって放置することにしました。エンコードとかも大変ですし。

時は流れて半年ほど経《た》った頃《ころ》、東日本大震災《だいしんさい》が起きました。私個人、また親類縁者《えんじや》は幸

いにして何事もなかったものの、連日の余震《よしん》や物流の停滞《ていたい》、テレビは全《すべ》て災害関連報道、夏には輪番停電等々のあの非日常感は大変なショックでした。

私も人並みには何かできることはないか、とは思ったのですが……ボランティアに行くにしてもそうした知識もなく、常日頃《つねひごろ》運動しないこの身では足手まとい確定ですし、寄付にしても私程度の稼《かせ》ぎでは高が知れています。

それで結局はできる範囲《はんい》のことをすることにしました。お話だったら、まあ書けます。被災《ひさい》したしないにかかわらず、とりあえず私の読者さんにだけでも明るい気持ちになってもらえるよう、まずはミッション・シャルロッテを書きました。ＷＥＢだと無料で読んでもらえますし。

今回のこの連載は、そういった理由から発表した第二弾です。創作をやってみたい人に、やってみて欲しい、という作品の方針自体はもちろん京子たちの言っていたとおりですが……可能性の話として、たとえば家が被災して自由に使えるお小遣《こづか》いが少なくなった方などいらっしゃったとしたら、創作という手軽でお金のかからない趣味《しゅみ》もあることを選択肢《せんたくし》の一つに加えてもらえたら……というのが、先述のシナリオとキャラを無理に焼き直し、顔グラ無しでも読めるように地の文を付け焼き刃《ば》してまで発表に踏《ふ》み切った、理由のもう一つだったりします。

あとまあ、編集部を困らせてやれフヒヒヒ……というのとですね。

編集部が「こんなの載《の》せられるわけないじゃないですかー！　やだー！」とか言ったら、「じゃあいいもん！　自分でブログ作って発表するもん！」とか脅《おど》……ダダこねるつもりだったんですが、現編集長のm閣下が理解があるとかいうレベルを通り越《とおこ》して超ノリノリになってしまいまして、すんごいあっさりOKしてくださいました。ぐぬぬ……。

しかも蓋《ふた》を開けてみたら超美麗《ちょうびれい》なフルカラーイラスト付きで、引っ込みが付かなくなったというのはそういうことです。結局気が付いたときには、また自分で自分の墓穴《ぼけつ》を掘《ほ》っていたのです。いつになったら私はスニーカー編集部に勝てるのでしょうか。

あ、これぞういうゲームじゃないですね。

春日歩《かすがあゆむ》さん、ありがとうございました。ラフが毎回どう見てもペン入れ状態で、色が付いて初めてラフだったと気付かされる不思議な体験は初めてです。全く動きのない会話劇にもかかわらず、毎回の創意工夫《くふう》を凝《こ》らした見応《みごた》えのある構図には感服しきりでした。

さて……最後に京子にあれだけ言わせたにもかかわらず、本当にご質問を頂きました。ありがとうございます。

また、開始当初からもいくつか興味深いご質問を頂いておりましたので、次はもう少し突《つ》っ込んだ内容のものを、近いうちに発表できればと考えております。

本当は質問というのはそのとき聞きたいから質問するのであって、時間が経ってから答えても質問を下さったご本人にはあまり意味がないと思うのですが、なるべく早めにとは考えている次第《しだい》です。

もっとも、期待に応えられるようなためになるお話ができるかは……。

え……？

ああ。まあ、今までがあんな感じでしたしね。誰もそこまで期待してませんよね。

ええ、そうですよね！

そんなわけで京子サクリファイス先生がアイミたちと楽しく質問に答えてくれる『現役プロ美少女ライトノベル作家が教える！　ライトノベルを読むのは楽しいけど、書いてみるともっと楽しいかもよ!?　Ｓｅａｓｏｎ．２（正タイトル）』をお楽しみに！

２０１２年10月　林トモアキ

現役プロ美少女ライトノベル作家が教える！

ライトノベルを読むのは楽しいけど、書いてみるともっと楽しいかもよ!?

Season.2

～この物語はフィクションであり、現実の新人賞が取れるわけではありません編～

ウフフフフ……
原稿の進み具合はいかがでありますか、京子先生!?

Season.2

第一話

羅延町《らのべちょう》 五番街五。

普段《ふだん》は誰も近付かない、深く静かな森の奥に、古風な洋館が一軒《けん》。

そんな緑豊かで風雅《ふうが》な軒先《のきさき》。テラスに黒いセーラー服姿の、艶《つや》やかな黒髪《くろかみ》の少女が佇《たたず》んでいる。

「こんにちは、ライトノベル妖怪《ようかい》の京子《きょうこ》サクリファイスです。今後ライトノベル業界のさらなる発展と産業化に伴《ともな》う世界的戦略を視野に入れた場合、ライトノベル作家の英訳はもういわゆるラノベーターでいいんじゃないかと思います」

そこにモリナガがやってきた。

「ライトノベルは名詞ですから、ライトノベリストではないのですか」

「だめよモリナガ、それだと軽薄《けいはく》な小説家みたいじゃないの。もしくは日本人はLとRの発音を使い分けられないから右側の小説家みたいに高度に政治的な意味合いに思われたらどうするの。ラノベーターの方がインベーダーみたいでエッジだわ」

「……じゃあライトノベル読者はライトノベタリアンですか」

「あ、それいいわね。デスタリアンみたいで」

瞳《ひとみ》を輝《かがや》かせて拳《こぶし》を握《にぎ》り締《し》める京子サクリファイスに、モリナガは首を傾《かし》げた。

「そもそもラノベートってなんですか」

……。

「ディベートみたいな？」

「意味知って言ってんのかお前」

講の0 ご報告まで。

二人の妖怪が東屋《あずまや》のテーブルに着いたところで、京子が言った。

「はい、突然《とつぜん》ですがここで皆《みな》さんにお知らせがあります」

「何？」

「このたび、『俺の妹がこんなに可愛《かわい》いわけがない。』以降すっかり定着した感のある長めのタイトルブームに恥《はじ》も外聞もなく真っ向から乗っかったこの『現役プロ美少女ライトノベル作家が教える！　ライトノベルを読むのは楽しいけど、書いてみるともっと楽しいかもよ⁉』が、めでたくＷＥＢ連載《れんさい》できることが決まったそうです」

ぱちぱちぱちぱちぱち。

一人静かに拍手《はくしゅ》する京子。

それに合わせて静かに拍手するモリナガ。

「そう。おめでとう」

「うん」

やはり静かに頷《うなず》くだけの京子に、モリナガは首を傾げた。

「あまり嬉《うれ》しそうに見えませんが」

「ええ。あれだけ好き勝手書いてやったのに思ったほど編集部が嫌《いや》がらなかった」

「おい」

京子は二人分のティーセットを用意しながら言った。

「原稿《げんこう》出してから一ヶ月くらい音沙汰《おとさた》なくてさてはスニーカー編集部め持て余しておるなひっひっひ、とか思って探《さぐ》り入れてみたらいきなり『連載はもちろん文庫化も視野に入れて現在イラストレーターを検討中です』って」

「放置されたことより、これで金取るって正気かその編集部」

「旧担当と新担当の間で引き継《つ》ぎが終わってなくてどっちも『あっちが連絡《れんらく》しているはず』状態だったと推測されますｏｒそもそも林先生の扱《あつか》いなんてそんなもの」

「それはそれは」

「いいのよ。こういうことを周知することによってスニーカー編集部は自省を徹底《てってい》するでしょうし、それによってより良い編集部になってくれるだろうというこの私のスニーカー編集部愛。ひいてはこれを読んだ他レーベル編集部はそれを反面教師として結果ライトノベル業界全体の質の向上に繋《つな》がるって寸法よ」

「お前らがスニーカーから切られるand他《ほか》のどこの編集部も相手にしてくれなくなる可能性は？」

「モリナガ、この小説はフィクションだからそういうマジレスはやめてね」

取り出したピコー二缶《かん》を、それぞれのカップに注いでいく京子。

「で……Season．2なんて銘《めい》打《う》ってはみたけど、何の話をしましょうか」

思い出したようにモリナガが視線を上げた。

「前回言っていた質問はどうしたのですか？　結局何も来なかったと？」

「いま〝2011年〟の12月18日なの」

「お前ちょっとは考えて話作るかもの言えよ」

モリナガは言いながら、コンコンと京子の頭をノックする。

「連載決定しましたっていう報告だけ、新鮮《しんせん》な気持ちのうちに残しておきたかったのよ」

「……やっぱりなかったことに、みたいなオチは無しですよ」

「一回アニメ化がボツってる林先生なのでその可能性も無きにしも非《あら》ず」

「連載が終わったころにまた来ます」

「はい」

講の1　いただきました。

時は流れて——。

モリナガが改めて京子の家を訪《おとず》れると、そこには珍《めずら》しく頭を抱《かか》えてテーブルに突っ伏《ぶ》した京子の姿があった。

「……どうしたのですか、京子」

「編集部の連中超凄《ちょうすご》いイラスト付けた挙げ句、専用のアンケートフォームまで作りやがった。もう……、もう逃《に》げられないッ……！」

ガタガタ、ブルブル。

「自業自得《じごう》ではないですか」

「作中でもあれだけ講座じゃない、っつってんのにバナーのところに堂々と『京子サクリファイスの小説講座』とか書いてやがるし」

「タイトルが長すぎるのでは」

「けどスニーカー文庫の公式サイトなんだから、ちょっとは読む人の気持ちも考えなさいよ！『大丈夫《だいじょうぶ》？　スニーカーレーベルの講座だよ？』と思ってクリックしたら『これがほんとの処女作品！』とか言ってるのよ⁉　馬鹿《ばか》じゃないのッ⁉」

「お前がな」

モリナガは気持ち強めに京子の顔面をぶん殴《なぐ》った。

学校帰りのアイミと如月《きさらぎ》が現れたのは、そんなときだった。

「こんにちは、京子ちゃん、モリナガちゃん」

「いらっしゃい、アイミ」

「こんにちは」

続いて、そろそろ見慣れたお茶会の面子《メンツ》に、如月が溜《た》め息《いき》をつく。

「お前たちも大概暇《たいがいひま》そうだな、妖怪風情《ふぜい》。作家や司書の仕事はいいのか」

「作家にタイムカードはいらないのよ、如月」

「図書館司書妖怪と図書館司書は別物ですから」

テーブルに四人揃《そろ》ったところで、アイミが挙手。

「京子ちゃん。ここに来るまで如月ちゃんと話してたんだけど、また教えて欲しいことがあって……」

「ああ。新人賞の応募《おうぼ》作品について二人で話し込むうちに、どうもよくわからなくなってしまったんだ」

「あら。神妙《しんみょう》な顔をして、何かしら？」

予想外の言葉にパチクリさせる京子へ、アイミが言った。

「最初にガトー少佐《しょうさ》の『ソロモンよ、私は帰ってきた！』の話をしたよね」

「ええ、したわね」

「あれはやっぱりただ爆発《ばくはつ》がカッコイイんじゃなくて、一年戦争から続く歴史的背景を踏《ふ》まえた上で、ついに連邦《れんぽう》に一矢《いっし》を報《むく》いたガトー少佐の情念が実った瞬間《しゅんかん》だからこそカッコイイと思うんだけど……それを短編とか文庫一冊分で表現するにはどうしたらいいの？」

ぽん、と京子は手を打った。

「はい！　というわけで今回からはアンケートフォームから頂いたこういった質問も交えながら、趣味《しゅみ》の創作から一歩踏み込んだ部分。『投稿《とうこう》サイトに発表してみよう』とか『新人賞を狙《ねら》ってみよう』という人向けに、もう少し具体的なお話をしていこうと思います」

「具体的にどう違《ちが》うのですか」

モリナガの質問に、京子はティーセットを並べながら答えた。

「お話の作り方の最低限の部分は、前回までで もうやっちゃったから……キャラクターとかの、少し技術的な部分のことね。前回までのが、とりあえず書いてみるための足がかり的なものだとすると……今回からは『人に読んでもらうこと』を意識した作品作り、ということになる……と、いいけど」
「前回までを読破した時点で、読者の誰《だれ》も期待はしてないと思いますが」
「ありがとう。ただ、厳密な意味での新人賞講座ではないので、『こうすれば賞を取れる』みたいなことは言いません。一般論《いっぱん》ではなく、あくまでも私や林先生の主観と経験に基《もと》づくお話だから、少しでも『ほんとにそうかな?』と思った人は、全然無視してもらって大丈夫。名付けて!」

バッ!

「現役《げんえき》プロ美少女ライトノベル作家が教える! ライトノベルを読むのは楽しいけど、書いてみるともっと楽しいかもよ⁉ Season．2 ～この物語はフィクションであり、現実の新人賞が取れるわけではありません編～ よッ‼」

ズババァンッ‼

「サブタイひどすぎだろ」

「なお、頂いたご質問に関しては物語中で紹介《しょうかい》する体裁《ていさい》のために端折《はしょ》ったり要約したりもするけれど、そこはごめんなさい。あと答えの内容に関してもノンクレームでお願いします。読むならスニーカー文庫！　苦情は編集部へ！」

「非営利なら何やってもいいとか履《は》き違えるなよお前」

モリナガが釘《くぎ》を刺《さ》したところで、京子はアンケート結果をまとめたコピー用紙を取り出した。

「ちなみにさっきのアイミの話は、作品作りに関しての質問としては記念すべき第一号ということで取り上げさせてもらいました」

如月が頷いて言った。

「私も思ったんだ。同じ勝利のシーンでも、ただ強くて勝つよりは、長い苦境に耐え続けてきてたキャラクターが、いよいよそれを逆転するような場面の方が燃えるだろう？」

モリナガも相槌《あいづち》を打つ。

「作中でキャラクターが死ぬシーンなどもそうでしょうね。ぽっと出の噛《か》ませやモブがただやられるのと、読者がある程度時間をかけて感情移入したキャラがいなくなるのとでは、読者に与《あた》えるショックも感慨《かんがい》も違います」

最後にアイミは大きく頷いた。

「そうそう！　つまりキャラクターの背景にあるそういう深みのある歴史を、短い中でうまく表現する方法……京子ちゃんみたいなプロの作家なら何か知ってるんじゃないかな、って！」

「知らない」

ズパァン!!

モリナガの振《ふ》り抜《ぬ》いた図書館スリッパが、京子の後頭部で素晴《すば》らしい音を立てた。

「お前いま記念すべき質問第一号つったよな？」

「だって知らないものは知らないんだからしょうがないじゃない!?　林先生のお・り・が・みが化けた3巻は1巻目ではできなかったって初代担当も言ってたし、ミスマルカ7巻の最後の場面も当初は1巻目でかますか3巻くらいでやるか迷った挙げ句、同じ理由で深みを持たせようと調子乗ってたら引き伸《の》ばし過ぎちゃったって林先生も言ってた」

「ダメな人だね」

「ダメなヤツだなぁ……」

ピコーを手酌《てじゃく》でティーカップに注ぐ女子高生二人。

モリナガが眠《ねむ》い目で尋《たず》ねた。

「しかし短編であれば短編なりの、文庫一冊であれば文庫一冊分なりの中での〝歴史〟を表現をすることは可能なのでは」

「それはもちろんそうね。短い物語の中でもキャラの魅力《みりょく》や世界観の広さを伝える作品があるように、その分量の中でどれだけの歴史を感じさせるかに挑戦《ちょうせん》してみる、なんていうのも面白《おもしろ》そうよね。じゃあそれがこの質問のまとめということで」

如月がアイミへ問いかけた。

「アイミはこれで納得《なっとく》したか？」

「私はまだお話を作るだけで手一杯《ていっぱい》だから、難しいことはそういうものだと思っておくよ！」

講の2　編集部による連載行為への実力介入を開始する。

「さて。ありがたい質問のおかげで足がかりを得られたところで、どんな物語にも絶対に必要な要素……『キャラクター』について見ていきましょうか」

京子が皿にぶちまけた暴君ハバネロの烈火《れっか》のごとき色合いに、モリナガは眉《まゆ》をひそめた。

「確かに文学から絵本までジャンルを問わず、物語というものはキャラクター無しには成り立ちませんね。あともうちょっとお茶請《ちゃう》け選べ」

そのとき、玄関《げんかん》のベルが鳴った。

他《ほか》の三人がきょとんとする中、京子だけが真剣《しんけん》な眼差《まなざ》しで息を潜《ひそ》める。

「しまった、まさかこんなに早いとは……！　ａｍａｚｏｎで予約したストライクウィッチーズ劇場版Ｂｌｕ－ｒａｙ限定版（劇場版後日談ドラマＣＤ『坂本美緒少佐陣中日誌《さかもとみおしょうさじんちゅう》』付き）の発売まではまだ一週間ある……ということは、つまり」

ベランダに続く窓が唐突《とうとつ》に開け放たれ、吹《ふ》き込む風にカーテンが大きく揺《ゆ》れ、リクルートスーツ姿のメガネ女子が現れたのはそのときだった。

「ウフフフフ……原稿《げんこう》の進み具合はいかがでありますか、京子先生!?」

「ああ、一話20枚程度のただの会話劇で五人はさばききれるかどうかわからなくて新キャラテコ入れは自重しようと迷っていた矢先に結局現れたわね、スニーカー文庫編集部の人格統合思念美人編集者妖怪《ようかい》……くみぽんッ!!」

モリナガがちょいちょいと、そんな京子の袖《そで》を引く。

「一話目から連載《れんさい》する気あんのか、このＳｅａｓｏｎ．２」

「大丈夫よモリナガ、小学館や集英社が実名で通ったんだから身内の不特定多数くらいいけるはず。ていうか本が火を噴《ふ》いたのに事前確認《かくにん》でノンクレームだったガガガ（マジで）の侠気《きょうき》を前にスニーカー編集部だけいい子ぶるなんて不可能な話よ」

「ヒドイ言い草でありますね、京子先生……」

肩《かた》を落としたくみぽんだったが、毎日忙《いそが》しい編集者は細かいことで落ち込んでいる暇《ひま》などないのだ。一息した次には、二本指で敬礼しながらウィンクする。

「私ども編集部は先生方の書かれた良い作品を、面白いものを求めるより多くの読者へお届けする第三者機関であります！」

「あ、じゃあ編集部の人なんだ!?　それなら参考になる話をいろいろ聞けそうだね！」

細かいことを気にしない素直《すなお》なアイミを背に、刀に手をかけた臨戦態勢の如月が立ちはだかった。

「待て、アイミ！　そうは言っても妖怪だぞ……鳳凰《ほうおう》の退魔《たいま》師として、羅延の地にこれ以上意味不明な妖怪を増やしてたまるものか！」

きらめく刀身に魔力を篭《こ》めて振りかざす如月。

「喰らえ、鳳凰流奥義……妖怪断裂斬《ようかいだんれつざん》ッ!!」

岩をも砕《くだ》く衝撃波《しょうげきは》をまとった如月の刀が、くみぽんめがけて一閃《いっせん》……！

「うえぽんバリアーッ!!」

気合いとともにくみぽんに掲《かか》げられた白くて丸い何かが如月の攻撃《こうげき》を防ぎ、ぎゃあああ……と断末魔《だんまつま》のような悲鳴を上げつつ窓から捨てられた。

「ふう、危ないところだったであります」

「……何だ、今の丸いのは」

必殺剣《けん》をこともなげに防がれ呆然《ぼうぜん》となる如月だが、くみぽんは笑顔《えがお》で言った。

「何かあったでありますか？　それより京子先生」

「締《し》め切りがまだなので原稿もまだです。というかチャイム鳴らしておいてベランダから入ってこないでください」

「くみぽんは元週刊誌記者なので張り込みや潜入《せんにゅう》はお手の物であります。それはさておき今回お伺《うかが》いしたのは、原稿の催促《さいそく》ではないであります！　実は編集部としてもこの講座をお手伝いできればと思った次第《しだい》であります！」

「講座じゃないっつってんでしょこのダラズ！　いい加減にしろ！」

京子は酒でもかっ喰らうようにピコーを一気飲みして、カップをソーサーに置いた。

しかし刀を収めた如月いわく。

「だが編集部の言うことなら、お前や自称《じしょう》何とかいう馬鹿《ばか》よりは信憑性《しんぴょうせい》があるんじゃないか？」

アイミも二つ返事でそれに頷《うなず》いた。

「林なんとかって人、ときどき京子ちゃんの話に出てくるけど、あんまり役に立ってないよね！」

くみぽんが首を傾《かし》げた。

「誰でありますか？」

ガッ！

ギュギュッ‼

ギュウウウウウウウウウウッ……‼

京子はバリバリと妖気《ようき》を発しながらくみぽんの首を締め上げていく。

「ニッチでロックで超《ちょう》マッシモ、中二のときにメイド愛好癖症《へきしょう》（変異V型）という不治の重病を患《わずら》って以来そんな病気と上手に付き合いながらお前んとこだけで10年超書いてる超偉《えら》い作家先生のことでしょうが。てめえ何年スニーカーで働いてやがる」

「やはっ⁉　ちょっ！　もちろんであります！　いえその、この連載における初登場キャラのお約束として言っただけでありましてっ……！」

「黙《だま》れ、信者としてもう我慢《がまん》ならないわ！　林先生の敵は私の敵ッ！　五人はやはり多すぎるという理由であなたには消えてもら……ハッ⁉」

そのとき、京子は気付いた。

京子が締め上げていたのは、くみぽんの首ではなかったのだ。

「これはっ……うえぽん⁉　さっき窓から捨てられたはずなのに、なぜっ……！」

京子が瓢簞《ひょうたん》のような姿になったそれを再び窓から投げ捨てたときには、もう遅《おそ》かった。

いつの間にか京子の背後に回ったくみぽんが囁《ささや》く。

「……あなたはこの連載でやりすぎたのでありますよ、京子先生……」

「っ⁉」

「五人が多すぎるというのであれば、あなたが消えても数的問題は解決するということでありますッ！」

「しまっ……⁉」

「出版業界禁呪《きんじゅ》！　作者急病に付きお休みさせて頂きますの法‼」

ぽんっ。

と京子は煙《けむり》とともにその場からいなくなった。

「ああっ、京子ちゃんが消えちゃった⁉」

と、目を丸くするアイミ。

「アハハハハハハハ！　作家が編集部に勝てるなどと思ったのがそもそもの間違《まちが》いでありますね！　毎回毎回あとがきにスレスレでヒヤヒヤでヤバヤバなことばっかり書きやがってこれ以上こんな連載が続いてあなたたちのような作品自体はプロットも打ち合わせも抜《ぬ》きでOK出るのにあとがきでボツ喰らうような意味不明な作家に増えられたらラノベ業界全体として迷惑《めいわく》であります!!」

ひとしきり高笑いしたくみぽんは、ビシッ☆と二本指で敬礼のポーズを決めた。

「そういうわけでこの連載は次回から『現役《げんえき》プロ美少女編集者（18）が教える！　ライトノベルを読むのは楽しいけど、書いてみるともっと楽しいかもよ!?』にタイトルを変更《へんこう》するであります！」

ついに業《ごう》を煮《に》やした編集部より送り込まれた刺客《しかく》、くみぽん。

果たして彼女の真の目的とは？

新人賞で編集部に本当に求められる人材とは、いかなるものなのか……？

「編集部が売れると踏《ふ》んだ時勢に沿ったジャンルのものを言われるがまま締め切りどおりに書き上げる、そんな金の卵であります！」

アイミが手を振《ふ》った。

「フィクションだよ！　また次回っ！」

Season.2 第二話

羅延町《らのべちょう》五番街五。

普段《ふだん》は誰も近付かない、深く静かな森の奥に、古風な洋館が一軒《けん》。

だが、館《やかた》の主《あるじ》はもういない……。

「京子《きょうこ》サクリファイス先生お休みにつき、この講座はスニーカー編集部が乗っ取ったであります。今回からは編集部を代表して私、美人編集者妖怪くみぽん（18）が『取れる！ライトノベル新人賞講座』を開くであります」

「角川大卒しか取らねえだろ。（18）って何だ」

モリナガの吐《は》き捨てるような言葉に、くみぽんがたじろいだ。

「よ、妖怪に年齢《ねんれい》は関係ないであります！　反抗《はんこう》的な態度を取るのであれば、あなたにもこの講座から出ていってもらうでありますよ!?」

「お前図書館ナメんなよ自由侵害《しんがい》されたら国相手に戦争おっ始める組織だぞやんのか編集部」

「……あ、はい、ごめんなさいであります……」

講の1　読者のスキーマを励起する。

「それで、くみぽんさんは何を教えてくれるの？」

アイミの言葉に、くみぽんは得意げに頷いた。

「実は新人賞に関連して、このようなご質問が届いたであります」

《「募集《ぼしゅう》作品：ファンタジー、ラヴコメ、ホラー、SF、ミステリ、青春などジャンルは問いません。10代の読者を対象とした、あなたにしか書けないエンターテインメント作品をお待ちしております。」としているけれども、結局は「ウチは今、ラヴコメしかいりません」的な風潮があったりはしないのでしょうか。

たとえば「大人のドロドロした不倫《ふりん》関係の話」とか「会社の職場での愚痴《ぐち》」といった内容の場合は……？　『いま頭の中にある、この小説の種は良いのか？』ということを見極《みきわ》める、客観的な話をしていただきたいです。》

如月《きさらぎ》は頷いた。

「確かに要項《ようこう》を見る限りはジャンル不問、要するに何を書いてもいい……ということなはずだな。編集部としてはどうなんだ？」

「今の流行《りゅうこう》からいけば、ライトノベルに美少女は必須《ひっす》であります。これはスキーマ理論から説明できるであります」

アイミは首を傾げる。

「超スキマ法とは違《ちが》うの？」

「あんないい加減な机上《きじょう》の空論ではなく、現在様々な科学分野の専門家が扱《あつか》うような立派な理論であります。今回の場合は簡単に言うと、脳がある対象についてどのように学習し、結果その記憶《きおく》を取り出す際に……」

「ＺＺＺＺ……」

アイミが寝《ね》てしまった。

「よ……要するに人は記憶した対象について様々な記号のラベルを貼《は》って、学習していくのであります。ファンタジーと聞けば剣や魔法《まほう》、ＳＦであればレーザー銃《じゅう》や宇宙戦艦《せんかん》、探偵ものなら怪盗《かいとう》やオペラ……と連想できるのは、そういった記号がラベルとしてそれぞれの記憶に貼ってあるからであります。同じように、『ライトノベル』と言われた場合になんとなく思い浮《う》かぶイメージが皆《みな》さんの中にもあると思いますが、実際手に取ってみた本がこのイメージから著《いちじる》しく乖《はな》れていたりしたらどうでしょうか？　逆にまた、内容はライトノベルなのに難しいタイトルで、抽象《ちゅうしょう》的な表紙で、スニーカー文庫ではなく角川文庫の棚《たな》に置いてあったら、やはりおかしな話であります」

「なるほど。そう言われると確かに、ＺＺＺＺＺ……」

如月も寝てしまった。

「講座にならないでありますっ⁉」

「物語でもそうですが、専門用語はほどほどにしないと根気のある読者しかついてこられなくなりますよ」

モリナガに促《うなが》され、くみぽんは焦《あせ》る気持ちを落ち着ける。

「つまり『ライトノベル』＝美少女、美少年、萌《も》え……というスキーマが購買層《こうばい》に広く定着している現在では、やはりそういった何らかの要素が含《ふく》まれていないと、『いわゆるライトノベル』を読みたい人からは敬遠されるかもしれないでありますね。でもこれといった定義もないでありますから、皆さんが『ライトノベルっぽい』と思われる話を応募《おうぼ》して頂ければ、外れることはまずないでありますよ」

モリナガはまじめな顔で頷いた。

「たとえば今、エロゲでは生物の進化系統図のごとく趣向《しゅこう》の多様化と先鋭《せんえい》化が進み、人妻なんかも普通《ふつう》に可愛《かわい》かったりして多分に萌えの要素を含んでいますが、そういう話でも良いわけですか？」

「……エンターテインメントとして面白《おもしろ》ければ、充分《じゆうぶん》受賞の可能性はあるであります。そこで先ほどの質問に戻《もど》りますが、あんまりドロドロしてしまうと肝心《かんじん》の『若者向けのエンターテインメント』としての訴求《そきゆう》性が失われてしまうため、問題なのであります。そのような作品は、いわゆる文芸方面やハーレクインといった他《ほか》のジャンルで発表した方がデビューは近いかもしれないであります」

モリナガはさらにまじめな顔で言った。

「つまり人妻が近所の友達の人妻たちと夕飯の買い物中に巻き込まれたある事件をきっかけに、家族には内緒《ないしよ》でそれぞれが得意な家計簿《ぼ》（情報処理能力）や手芸（器用スキル）や手料理（毒殺）を駆使《くし》して世界平和のために戦う、とかならいいわけですね」

「……モリナガさん、ひょっとして書きたいでありますか？」

「いや、あったら読みたい」

講の2　読者のスキーマを利用する。

「ただいまー」

京子がひょっこり帰ってきた。

「って、なぜでありますか⁉　あなたは前回、私の秘術によって消えてなくなったはず！」

「よく考えたら作者急病につきなんて言い訳が通用するのは、雑誌連載《れんさい》だけの話でしょ」

「何を言うでありますか！　スニーカー文庫には二十余年の歴史を誇《ほこ》るザ・スニーカーが……！」

「休刊したじゃない」

……。

「Ｓｅａｓｏｎ．１の新人賞の要項のお話のところで続」

「あれからこっちの世界でもきちんとなくなりました」

「ヒドイでありますっ⁉」

「ハーゲンダッツ買って来たけど食べる？」

「食べるであります‼」

京子が置いたコンビニ袋《ぶくろ》から、くみぽんと一緒《いっしょ》になってハーゲンダッツを取り出しモリナガは言った。

「暴君に文句言われたからダッツって極端《きょくたん》すぎませんか」

「フィクションだから激辛《げきから》マニアでも良かったんだけどあれはマジでやばい。あんなものお菓子《かし》コーナーの子供の手の届くようなところに置いているのは国としてどうかと思ったわ」


アイミと如月が気持ちよく寝ている中、ハーゲンダッツの蓋《ふた》をはぐる京子。

「でまあ私からもさっきのスキーマの続きなんだけど、この辺は『主人公』にも当てはまるわね。今だと大概《たいがい》、高校生くらいの少年が主人公のことが多いでしょ」

「そうでありますね。メイン購買層である10代～20代の人たちの感情移入のしやすさもありますし、またライトノベルのウリである美少女萌えを際立《きわだ》たせる意味合いにおいて……その『萌えポイントの解説役』を担《にな》う意味で……男の子視点は重要であります」

くみぽんの解説を聞いたモリナガが、ああ、と相槌《あいづち》を打った。

「一人称《いちにんしょう》視点が主流なのもそういう理由ですか」

「そうね。ラブコメだったらヒロインのどの部分がどう〝来る〟のかが、主人公の目線を通して直情的に表せるのは武器になるし……あと、わりと今のラノベとスキーマの似通った、恋愛《れんあい》モノゲームというお手本が多いから……っていうのもあると思うけどね」

「みんな慣れ親しんでいるので書き手も書き易《やす》いし、読み手もテンプレートで理解しやすいでありますね」

「エロゲだったら人妻ものもあんだろ。なんでそういう作品が出てこない」

「誰《だれ》もエロゲとは言っていない」

「推《お》すでありますね、モリナガさん……」

カッ、とハーゲンダッツのカップを置いてモリナガが立ち上がった。

「いいかお前ら。月刊少年エースで連載してる『碇《いかり》シンジ育成計画』のお母さんズみたいなのが文庫一冊丸ごときゃっきゃ☆うふふしてたらどうする」

……。

「即《そく》受賞ッ⁉」

「落ち着いてくださぃ京子先生。人妻＝受賞という方程式は編集部の公式見解とは異なるものです」

素《す》に戻ったくみぽんが京子をなだめるも、モリナガはようやくわかったか馬鹿《ばか》め、と言わんばかりに再び腰《こし》を下ろした。

「そういうものを私は読みたい」

「なんで私の目を見て言う。でも、確かにそうした発想の転換《てんかん》でスキーマを広げることは可能なのよね。たとえば三国志や戦国武将なんかも女体化《にょたい》することで萌えのスキーマが励起されて、今じゃ女体化という手法も含めてかなり当たり前に受け入れられるようになったわよね？　もちろんパイオニアとなった作品そのものが面白かった、という大前提があってこそだとは思うけど」

京子は溶《と》け始めたハーゲンダッツの表面を木ベラですくいながら続ける。

「ここで私が何を言いたいかというと、確かにリストラされた中年男性の悲哀《ひあい》や不倫の悲

喜こもごもを文学調にそのまま書くのは行き過ぎだと思うけど、大事なのはライトノベルはいかなるテーマでも、表現の仕方さえそのスキーマに合えば、おおよそ全《すべ》てを受け入れられる非常に自由度の高い表現媒体《ばいたい》である……ということね」

「リストラをどうラノベのスキーマに合わせるのですか」

「そうね……やっぱり最低限、中年のおっさんが主人公というのは難しいと思うわね。ライトノベルの読者である学生さんなんかはそんな年上の人の、中年だからこそのノスタルジーなんて理解しにくいでしょうし、だからそういう文芸作品はその境遇《きょうぐう》に同情や共感を覚えられる同じくらいの年代の人たちしか読まない。でもおっさんという部分を一度脇《わき》に置いて考えれば、リストラ……即《すなわ》ち『クビにされる』というテーマ自体は、アルバイトの女の子でもお屋敷《やしき》の美少年執事《しつじ》でも使えるわけでしょ」

「パートで失敗ばかりして家に帰っては反抗期《はんこうき》に入ったツンデレな娘《むすめ》に慰《なぐさ》められるような、萌えキュンな人妻でもいいわけですね」

「まさにそういうことね。パートで人妻のメイドさんとかどうかしら？　メイドさんというだけで、これはもう完全に文芸よりもライトノベルのスキーマでしょ。逆に、テーマが中年のおっさんそのものだとすると、ちょっと私じゃ思いつかないけど……でも、武将を女体化するというブレイクスルーがあったように、何かそのスキーマを打ち破る方法はあるかもしれない。誰かは思いつくかもしれないし、それはあなたかもしれないし、そのものは書けなくてもそうして思い悩《なや》んだ経験はきっと創作活動を続ける上で生かされる。はず」

「そこは言い切りましょうであります、京子先生……」

くみぽんに言われて、京子は首をひねった。

「じゃあ……BLものに出てくるような面長《おもなが》オールバックの頼《たよ》れるイケメン上司みたいなのが実はガラスのハートで、家に帰って娘たち（三姉妹）に慰められる……とか？」

モリナガがぽんと手を打つ。

「ああ。兄妹《きょうだい》は昔からよくありますが、そのスキーマを利用しつつ父と娘に置き換《か》えれば……話としては成り立ちそうですね」

くみぽんが恐《おそ》る恐る手を挙げた。

「あの、先生もモリナガさんも、一応ですね、社会的倫理《りんり》や都条例等を加味した上でお話を」

「「知らん」」

ガラガラとモリナガが移動式の黒板を押してきて、京子がチョークを手に取る。

「えーと、じゃあ」

1・主人公の柏葉聖一郎《かしわばせいいちろう》（40代・おっさん）は大手貿易会社勤務で、体育会系の新入社

員（♂）からもちやほやされるほどの超《ちょう》イケメン。仕事には厳しいが人には優《やさ》しく、もちろんOLや近所の奥様たちからも大人気。
なぜなら独身なのだ☆
2・ようやく手に入れた成功の証《あかし》、部長の地位と安定した高収入。何一つ不自由のない暮らしを謳歌《おうか》する一方で、独り身ゆえの気楽さは、家族がいない寂《さび》しさの裏返しでもあった。
そんなある日のこと、聖一郎がいつものように酔《よ》っ払《ばら》って家に帰ると、そこには身に覚えのない娘が12人。

「ってちょっと待ってください京子先生ッ！　なのだ☆　は辛《かろ》うじて我慢《がまん》しましたが娘が12人て！　しかも身に覚えのないってどういう設定ですか!?」

「なんかある日突然《とつぜん》できたのよ！　しかも全員パパ大好き！」

うむ、とモリナガは頷《うなず》いた。

「いける」

「いけませんてば！」

「……じゃあ3人くらいにしとく？」

「そういう問題ではなく！」

3・根が優しい聖一郎は娘たちを無下に追い返すこともできず、結局一緒に暮らすことになる。しかし独身なのに娘がいるなどと知れたら、これまで築き上げてきた社会的な立場が危《あや》うい。

4・聖一郎の人柄《ひとがら》の良さゆえに家まで押しかけてくる同僚《どうりょう》や部下をどうにかごまかして過ごしていたある日、聖一郎は娘たちから驚愕《きょうがく》の真実を告げられる。

実は、この中に一人だけ本物の娘が

「京子先生。ちょっと表に出ましょうか」

「どうして!?　売れるって！　売れるわよこれ!?」

「設定のパクリは一発でバレるって前のシーズンで自分で言ってたじゃないですかッ!!」

「そんな、安易なキャラ付け口調を忘れるほど怒《おこ》らなくても……」

黒板を見ながらモリナガは尋《たず》ねる。

「この後はどうなるのですか」

「紆余《うよ》曲折《きょくせつ》あって娘たちとＯＬたちがライバルになったり、近所の若奥様から言い寄られたり、新入社員（♂）からコクられたりして（もちろん聖一郎が）、結局最後は娘たちのことが会社にバレちゃうのね。さあ会社を取るか、娘たちを取るか、どうする聖一郎!?

……って感じかしら」

「……。

……京子先生にしては、意外と王道なラブコメでありますね？　設定以外は」

「ええ。自分で書いててびっくりしたわ」

「肝心《かんじん》の結末はどうするのですか」

「私だったら、何かみんなで（娘たちとＯＬと若奥様と新入社員【♂】と）うまいこと協力して大逆転、会社にも残れて娘たちとも仲良く暮らせてハッピーエンド……みたいなイメージだけど。それこそ、結局はリストラされて金も地位も失うけど、娘たちという新たな絆《きずな》を手に入れて一から再出発……みたいな綺麗《きれい》なまとめでもヒキとしておいしいと思うわね。実際に会社勤めしてる人なら、経理のノウハウや接待のアレコレ、社員食堂のある話なんか絡《から》めると、就職を控《ひか》えた学生さんたちにも興味深く読んでもらえるんじゃないかしら」

書き殴《なぐ》った黒板のプロットを眺《なが》めながら、京子は頷いた。

「意外と面白《おもしろ》そうじゃない？　主人公はおっさんだとしても、ここまでドタバタすればいかにもラノべって感じがするでしょ。いっそ異能力とかのファンタジック要素を絡めてもいいわけだし」

「発売はいつですか」

「と、モリナガが言っているので人妻モノとこのおっさんモノ、アイミプロットと同じように、何か思い付いた人は自由にいじったり、どこかに応募《おうぼ》したりして楽しんでみてね」

講のまとめ

「極論すれば、『なんとなくラノべっぽい雰囲気《ふんいき》』なら何を書いて応募してもいいということね。最初の質問に答える意味でなら、『若者向けのエンターテインメント作品』というライトノベルのスキーマ（なんとなくラノべっぽい雰囲気）にさえ合致《がっち》するものであれば、ストーリーやジャンルはどうあれ、その作品は正しいものと言えるはずよ。あと、あまり残酷《ざんこく》過ぎるのとかエロ過ぎるのは今度は『若者向け』じゃなくて『大人向け』になるので、その辺はまたジャンルやレーベルの色を読んで判断しましょう」

「不倫《ふりん》や愚痴《ぐち》も書き方次第《しだい》、ということですね」

「高校生が五股六股《また》みたいになるハーレム系のラブコメもあるくらいだし、私はそう思うわね。編集部っていうのはある意味貪欲《どんよく》で、面白くさえあればどうにかして出版しようとするところなので、そこは安心して大丈夫《だいじょうぶ》よ。マジで応募要項《おうぼようこう》にジャンル不問と書いておきながら『うちはラブコメしかいりません』なんて抜《ぬ》かす編集部があったら、そんなろくでもないレーベルはこっちから蹴《け》ってやりましょう」

一息して。

「いま現在は、誰《だれ》でも関心のある『恋愛要素《れんあい》』を含《ふく》み、誰でも自分の学生生活と照らし合わせて世界観を簡単に受け入れられる『学園モノ』という作品が主流になっているけれど、それは純粋《じゅんすい》に市場を見た場合にそうなっている、というだけの話なのよね。書きたいものがあるなら、気にせずにあなたが書きたいものを書きましょう。誰にもそれを否定できないのが表現の自由によって保障された創作活動の素晴《すば》らしさであり、どこの編集部でも欲しがる『オリジナリティ溢《あふ》れる』作品というのは、そういうことよ」

モリナガは首肯《しゅこう》した。

「言われてみれば昔は『ロードス島戦記』や『スレイヤーズ』『魔術士《まじゅつし》オーフェン』といった異世界ファンタジーモノが主流で、それらの壮大《そうだい》な世界観に比べると日常的な学園の中で……というのは逆にインパクトに欠けたのか、今ほど多くは見ませんでしたね」

「ね。それから……創作に挑戦《ちょうせん》してみたけど、なんだか同じようなことしか思い浮《う》かばずに飽《あ》きてきたり、書き始めた作品がうまく進まない人がいたりしたら、聖一郎（BL系の超ハンサム・40代独身のおっさん）を主人公に何か簡単なお話を考えてみるのはいかが？　別にただのサラリーマンじゃなくても、アイドルのプロデューサーでもいいし、魔《ま》法《ほう》少女戦隊の司令官でも、伝説の傭兵《ようへい》でもいいわ。気分を変えて全く違《ちが》う主人公やジャンルのお話を考えてみると、頭の中が空っぽになって元の作品を新しい視点で見直せたり、新しいアイデアがすんなり見つかったり、いろいろ楽しいからオススメよ」

と、おもむろにモリナガが目を輝《かがや》かせた。

「……聖一郎が超意地悪な鬼畜眼鏡《きちくめがね》だったら、とかもいいですね」

「あ、それいいわね！　最後は会社を乗っ取って幹部クラスの人妻と娘をはべらせちゃうとか、まさにエンターテインメントだわ!!」

「だから京子先生に講座を任せるのは嫌《いや》なんでありますよっ！　次のスニ大応募作の主人公がおっさんや人妻ばっかりだったら責任取ってもらうでありますからねっ!?」

「ふわぁ～あっ、よく寝《ね》たぁ……」

目を覚ましたアイミが、あくびをしながら大きく伸《の》びをした。

「あれ、京子ちゃん……？　そっか、いなくなっちゃったのは夢だったんだね！」

ぶわっ、と溢れ出す感涙《かんるい》に京子は目頭《めがしら》を押さえた。

「ああ、アイミは本当に素直《すなお》ないい子でこの連載唯一《れんさいゆいいつ》の良心だわ……」

「実はザ・スニーカーが休刊したのも夢だったでありますよ☆」

「それはシリアスな意味で現実です。あ、ここだけフィクション抜きでお願いします」

「京子せんせぇッ!!」

「むにゃ……ダメだアイミ、私たちはまだ高校生……ああ、それはっ……だめぇっ……」

……。

「おい馬鹿《ばか》如月なぜこんな終わり際《ぎわ》になってそんなおいしそうな夢を見ている。イラストにならんだろ」

「モリナガさん、半ばでも序盤《じょばん》でも高校生だからあまりアレな感じのは無理であります」

それを聞いた京子がフフフと笑った。

「残念ながらこの物語ではアイミと如月の具体的な年齢《ねんれい》はまだ公表していませーんッ!!つまりこの物語はフィクションで登場人物は全員18歳以上ですっていうことにすれば倫理上」

「私と如月ちゃんは16歳だよ、京子ちゃん」

京子は瞬時《しゅんじ》にorzの姿勢になった。

「ささ、京子先生。締《し》め切りも近いですし、原稿《げんこう》を書く作業に戻《もど》るであります」

「いぃやぁあああ……！じゃあそういうことでまた次回ッ……！」

京子は手を振《ふ》りながら、くみぽんに書斎《しょさい》へと引きずられていった。

Season.2

第三話

羅延町《らのべちょう》五番街五。

普段《ふだん》は誰も近付かない、深く静かな森の奥に、古風な洋館が一軒《けん》。それとは全く関係なく、浜辺《はまべ》のビーチパラソルの下、艶《つや》やかな黒髪《くろかみ》の少女が黒い水着姿で佇《たたず》んでいた。

「皆《みな》さんこんにちは、ライトノベル妖怪《ようかい》の京子《きょうこ》サクリファイスです。唐突《とうとつ》ですが今回はみんなで海に来ています」

「唐突すぎだろ」

水着姿でずぶ濡《ぬ》れのモリナガが現れた。

「いや、あんたこそ浮き輪《わ》足ヒレ装着済みでシュノーケル付き水メガネとかどれだけ楽しむつもりよ」

「浮き輪はただのベースキャンプです」

手にした銛《もり》の先には、体長40センチほどのイシダイが刺《さ》さっていた。

「モリナガってもっとこう、図書館の奥にひっそり引きこもってる深窓の令嬢《れいじょう》みたいな

イメージだったんだけど」

「普段はそうですよ。妖怪ですからカウンターにすら出ません」

二人が視線を向けた先では、アイミと、如月《きさらぎ》と、取材費の名目で領収書を切って来たくみぽんが、白くて丸い何かをボール代わりにしてビーチバレーに興じている。

「で、なぜ海なのですか」

「アイミのビキニをカラーイラストで見たかったから」

「……」

「たゆんたゆん！」

モリナガの正拳突《せいけんづ》きがクリーンヒットした。

「いいから焼きそば作れよお前」

「はい……」

京子はガガガファイアーで炭に火を入れると、マルちゃんの粉ソース付き袋麺《ふくろめん》を開けた。

「私、こういう焼きそばってツルツル食べられるくらい水浸《みずびた》しな方が好きなんだけど」

「私は一切《いっさい》水を入れないガリガリな方が好みなのですが」

サバイバルナイフでイシダイをザクザクと刺身《さしみ》に解体していくモリナガ。

それから二人で、バレーをしている三人の方を見る。

きゃっきゃ。うふふ……。

「……普通《ふつう》に作りましょうか」

「そうですね」

じゅうじゅう。ざくざく。

あっという間にイシダイは活《い》き造《づく》りに。鉄板の上では焼きそばが香《こう》ばしい煙《けむり》を上げ始めた。

その匂《にお》いに誘《さそ》われるように遊んでいた三人も戻ってきて、みんなでいただきます。

「はふはふ、外で食べる焼きそばはおいしいね！」

「うむ、モリナガの獲《と》った魚も新鮮《しんせん》そのものだな！」

「皆さん、接待費で買ったラムネも冷えているでありますよ！」

……。

「そう言えばくみぽんさん」

「なんでありますか、京子先生」

「うえぽんさんは？」

「いたでありますか？」

「いや、お遊びバレーの割りにばっつんばっつんスパイク決めてたから……」

モリナガが沖《おき》の方へと目を細めた。

「……定置網《ていちあみ》からはぐれたブイにしては地味な色だと思いましたが、そもそも何なのですかアレは」

「最初はくみぽんのぽんの部分のつもりだったんだけど、統合された人格のその他《ほか》の部分が強すぎたというかぶっちゃけくみり」


ドゴッ。


「す、すみません京子先生っ！　開けようとしたラムネのビー玉がうっかりすっぽ抜《ぬ》けたであります!?」

「斬新《ざんしん》な構造のラムネ瓶《びん》だな、おい」

「妖怪じゃなかったら炭酸の圧力で眉間《みけん》が割れてたわよ私」

講の1　ちょっと一息。

はふはふと焼きそばを頬張《ほおば》りながらアイミが言う。

「京子ちゃん、今日はライトノベルのお話はしないの？」

「水着会ということなので、今回は……」

「頂いた中から軽めの質問をご用意してきたであります」

くみぽんはニッコリ笑顔《えがお》で、毎度のようにプリントアウトしたコピー用紙を京子に手渡《てわた》す。

「えー。あー。はい。お休みじゃないのね……それじゃあ……」

頭から被《かぶ》ったラムネをタオルで拭《ふ》きつつ、京子は質問に目を通した。


『京子さん、ハーフですか？』


「妖怪です」

真顔で答えた京子に、モリナガがぽかりと殴《なぐ》った。

「他にあんだろ。親が妖怪同士でも別の種族だったとか」

「ごめんなさい、そういう細かい設定は考えてません」

ぽかり。


『京子サクリファイスの3サイズを教えてください。』

「上から83、53、82」

「それお前自身が意外にたゆってないか」

「いや、私一応このお話の主人公だから。ちなみにアイミは上が90前後よ」

『新人賞でパクリ、というか二番煎《にばんせん》じな作品って評価されるのでしょうか？　少し疑問に思いました。とりあえず、自分も一つ書いてみる気になりました。まあ、応募《おうぼ》するとしたら電g』

『ライトノベルを出すとしたらどの出版社がオススメでしょうか？　電撃《でんげき》？　ガガガ？　とりあえずモリナガちゃんが可愛《かわい》いので僕にください』

「いいけどあんたたち受賞したらデビュー作の後書きに『京子サクリファイス先生お世話になりました☆ミ』って書きなさいよ。縦書きだろうと『☆ミ』って入れるのよ。それでアニメ化までいったらモリナガをあげます」

「なに勝手な約束してんだお前」

「京子先生、そこはこう、金の卵をスニーカーへ誘導《ゆうどう》するようなお言葉をですね……」

期待外れをたしなめるくみぽんであったが、如月が待ったをかけた。

「しかし四番目のは、デビュー前の私たちとしてはやはり興味深い質問だぞ。編集部によっては利点や不満点なんかもあったりするのか？」

「私も林先生もスニーカーでしかお仕事をしたことがないんだけど、噂話《うわさばなし》で聞く限りどこのレーベルも一長一短なんじゃないかしら。就職でどの会社にするか……みたいに、結局は入ってみないと、その利点が自分に本当に必要なものかわかんないし、他人が言う不満も自分はあんまり気にならないかもしれない。正直に言うと、私も『スニーカー編集部についてどうかと思うことは稀によくある』けど……」

「あわわ、わざわざ二重カギカッコの上に傍点付きとか京子先生、ここは何卒《なにとぞ》一つ穏便《おんびん》に……！」

「たとえばせっかくブログのリンクが公式サイトのトップページに張ってあるのに半年以上も更新《こうしん》が止まってたり（２０１３年４月１日現在）、その割りに編集部の２０１３年の抱負《ほうふ》が『公式サイトのブログやＴｗｉｔｔｅｒをこまめに更新して、お知らせのタイミングを逃《のが》さない。（ザ・スニーカーｐｒｅｍｉｕｍより抜粋《ばっすい》）』だったり。ｍｉｘｉの日記じゃないんだから給料もらってる社員が楽な呟《つぶや》きに頼《たよ》ってどうすんのよ」

「はい、それは！　それは担当者と協議の上で可及的速《かきゅうてきすみ》やかになんらかの対応をしていければと！」

「極端《きょくたん》な例を挙げると電撃文庫なんかすっごい華々《はなばな》しく見えるけど、そもそもデビューすること自体が至難の業《わざ》でしょ、あのレーベル。でもそんなの気にしない人はやっぱり電撃に挑戦《ちょうせん》するでしょうし、私みたいな林トモアキ信者はスニーカー以外はＮＯ眼中でしょうし」

　ラムネの栓《せん》を叩《たた》いた如月が、溢《あふ》れた泡《あわ》をすすって言った。

「……つまり、大局的に見ればレーベルの違《ちが》いによる作家のメリットに大差はないと言いたいわけか」

「まあさっきのブログ一つとっても、売り方の上手《うま》い下手《へた》っていうのはあるんだけど……売れるかどうかなんて、結局は作品が面白《おもしろ》いかどうかだし。純粋《じゅんすい》にお金を稼《かせ》ぐ目的だったら石油を転がすか掘《ほ》るかした方がよっぽど儲《もう》かると思うので、あんまり気にしなくていいんじゃないかしら」

　アイミが頷《うなず》いた。

「インターネットで発表した小説が、アニメ化で大人気になったりするんだもんね！」

「ね」

「ううむ、石油か……」

「お前それ世界中に鳳凰《ほうおう》流道場展開するくらいの資金力がなきゃただの博打《ばくち》だからな」

　真剣《しんけん》な顔で考え込む如月に、モリナガは真顔で告げた。

講の2　白鳥《ハクチヨウ》は出涸らしのお茶っ葉も食べます。

「とかいろいろ言ってるけど、細かいところに目を瞑《つぶ》れば少なくともスニーカーはいいレーベルだと思います。でなきゃ林先生も一所で十年も書いてないでしょう」

「ありがとうございます！　ありがとうございます！　次のお土産《みやげ》は何がよろしいでありますか京子先生!?」

「土産はいいから締《し》め切り延ばしてッ!!」

「制作部の都合で無理であります☆」

ニッコリ笑顔で敬礼するくみぽんを尻目《しりめ》に、京子はもそもそと焼きそばを食べ始めた。はふはふしながらアイミは言う。

「ねえ京子ちゃん、レーベルもいいけど『二番煎じな作品』の方はどうなのかな？」

「これは……そうね。時期にもよるんじゃないかしら」

「時期って？」

「たとえば、そのときに爆発《ばくはつ》的にヒットしてる作品とよく似た作品は、誰《だれ》の目にも似たように感じられるでしょうけど……少し時間が経《た》って、二番煎じじゃなくて一ジャンルとして確立されてたりしたらまた違うでしょ。たとえば、『ある閉鎖《へいさ》的な空間に集められた不特定多数が生き残りをかけて戦う』とか」

如月が首を傾《かし》げる。

「面白そうじゃないか。何か問題があるのか？」

モリナガが得心した。

「なるほど。確かに今それだけ聞いてもどうということもありませんが、『バトル・ロワイアル』が話題だった当時は……ですね」

「そういうこと。『二番煎じ』というと聞こえが悪いけど、自分なりに本当に面白くしようという思いで書けばそのままの丸パクリには絶対にならないし、それどころか『派生』という形で新しいものが生まれる可能性も充分《じゅうぶん》あるわ。たとえば昔のゲーム業界なんか割とその辺に節操がなくて、でもそのおかげで生まれた名作もたくさんあって……ということを踏《ふ》まえて」

京子はびしりと指差した。

「デビューする前はみんな素人《しろうと》なんだから細かいことは気にしない！　あなたがいま持っているアイデアに自信があるのなら、そこは二番三番と言わずむしろ出涸《でが》らしまで使い切る覚悟《かくご》で遠慮《えんりょ》なく書いて送りつけてやりましょう!!　特にスニーカー大賞なんかオススメよッ!!!」

「ありがとうございます！　ありがとうございます！　先生は次の打ち合わせで何か食べ

たいものなどありますでありますか!?」

「締め切」

「延《の》びないであります☆」

京子はもそもそと焼きそばを食べた。


『段落を変える、句読点のつけかたなどの文法も教えてくれるとありがたいです。』


「ごめんなさい、文法は無理です」

「だろうな」

至極《しごく》当然のようにモリナガが頷くが、それはそれで癪《しゃく》に障《さわ》ったように京子が続ける。

「でもこれは個々人の自由で大丈夫《だいじょうぶ》だと思います。たとえば……実際に声に出さなくても、発声するつもりで頭の中で読み返してみて、読みにくかったり舌が回りにくいような感じはないか。あるいは応募用の書式（文庫の体裁《ていさい》）で見渡《みわた》したときに、あんまり窮屈《きゅうくつ》なようなら改行してみる……という感じで私や林先生は書いているので、よかったら参考にしてみてね」


『トモアキ先生の文は、混浴シーンなんかでも不思議と一切《いっさい》いやらしさというか、下心を

感じず読めるのですがそういうエロ目線になりがちなパートをギャグで読ませるコツってありますか？』

「……え？　ええ!?　な、なんでみんなで私の胸を見るの!?」

視線を受けたアイミが頬《ほお》を赤らめ、両腕《りょううで》で自分の胸元《むなもと》をかき抱《いだ》く。

「というように、状況描写《じょうきょうびょうしゃ》は控《ひか》えめに。あからさまな比喩《ひゆ》表現や暗喩《あんゆ》表現は用いない。そもそも膨《ふく》らみがどうとかくびれがこうとか、いちいち言わない。何より主人公にそういう下心的な意識をさせない、のが手っ取り早いかしら？　大体のお話って、主人公というフィルターを通して読者に伝わるようになってるから」

そこにモリナガいわく。

「主人公がお前みたいにたゆんたゆん言ってるようなのだったらどうすんだ」

「そんな主人公にそんなシチュエーションを用意する方が悪い」

『あるレーベルで執筆《しっぴつ》されている作家がそのシリーズが続刊中に別レーベルで執筆を行うことも増えてきましたが、どういった経緯《けいい》で「書かないか」と話がくるものなのでしょうか』

「……基本的には、新興レーベルか落ち目のレーベルでもない限りは充分な数の作家さんを自前の新人賞からも確保しているので、編集部側からアプローチするということは……あんまりないいんじゃないかしら。強引《ごういん》な引き抜《ぬ》きとかは作家さん自身にも、他《ほか》の編集部にも迷惑《めいわく》がかかっちゃうし」

「広いようで狭《せま》い出版業界なので、いろんな編集部の編集者同士がすごい勢いで顔見知りだったりするであります。なので暗黙《あんもく》の了解《りょうかい》ではないでありますが、お願いするにしても常識的な無理のない範囲《はんい》で……であります」

くみぽんの解説に京子は首肯《しゅこう》した。

「むしろ作家さんの方が下請《したう》けの自営業みたいなものだから、自分というビジネスを拡張するために他所《よそ》のレーベルに売り込む、という事例の方が一般《いっぱん》的かもね。あとはもうキャリアの中で培《つちか》った編集者同士、作家同士のコネクション次第《しだい》ね。今あそこの編集部、こんな作品書く人探してるよ、とか。今あの先生仕事が一段落して手空《てす》きみたいだよ、とか。そういうこともあって、編集者は人脈というものをすごく大事にしています」

アイミが箸《はし》を咥《くわ》えたまま尋《たず》ねた。

「そういえば京子ちゃんは、他のレーベルに売り込んだりしないの？」

「京子サクリファイスという工場がスニーカー納品用製造ラインだけで埋《う》め尽《つ》くされているのに『制作部が〜』の一点張りでメンテナンスも許されていない状態なのでＰＬ法の観

点からも他社からの受注は無理です」

「じゃあそんなお疲《つか》れな京子先生の心をメンテナンスするために、くみぽんが初音《はつね》ミクを歌って踊《おど》っちゃうであります☆」

イラッとしたように京子は言った。

「じゃあ消失歌えよ消失、おう。そしたらいくらでも書いてやんよ」

「フィクションなので余裕でありますよ？」

「しまったあああああああああああああああっ!!」

『一人称《いちにんしょう》が多いラノベにおいて、自分のスタイルとして三人称を貫《つらぬ》きたいのですが、書いていると似非《えせ》三人称になってしまいます。しかし厳密な三人称にするとあらすじのようになってしまい、文章がおもしろくありません。何か良い策はないものでしょうか？』

「これは難しい質問だね」

と、眉《まゆ》をV字にして焼きそばをはふはふ食べるアイミだが……。

「林先生の文章も似非三人称なので、その部分はあんまり気にしなくていいと思います。でもあなた自身が納得《なっとく》いかないのであれば一番の近道は、自分がイメージする文体に近い作品や作家を見つけて、その文章の『調子』を会得《えとく》することかしら？　この場合の調子というのは、音楽や踊りで言うところの調子ね。間合いとか、雰囲気《ふんいき》とか、リズムみたいな」

モリナガが、水着姿のまま歌い踊るくみぽんを眺《なが》めながら言った。

「以前のパクリの話ではありませんが、見て、真似《まね》て、その『調子』というものを覚えるわけですね」

「そういうことね。これは完全に技術系の問題だから、近道らしい近道はないかもしれません。職人さんみたいに『師匠《ししょう》のワザを盗《ぬす》む』くらいのカッコイイ気持ちで、目指す場所に向かって修練を積んでみましょう」

「ライトノベルに限らず文学作品や新書など、意識していろいろな本を読むと、著者によって様々な語り口が見つかって面白いですよ。またそれによって見識が広がれば一石二鳥です」

モリナガの言葉に京子は頷く。

「そして個人的には……所詮《しょせん》ライトノベルと割り切って、あなたがイメージする場面とキャラクターの心情を、まずは気取らずにありのまま、書けるように書いてみるのがいいと思います。実は一人称か三人称か、っていうのは全部書き終わってからでも充分に修正が可能だしね」

如月が目を丸くしていた。

「そんなの、簡単に直せるものなのか？　つまりセリフ以外の、地の文を全部……ってことだろう？」

「もちろん楽しいものではないけど、アイデア抜きの単純作業だから創作の中では簡単な部類だと思うわよ。それに何度か作品を書いてみれば一人称と三人称、どっちが自分の作風に合致《がっち》するか自然と見えてくるｏｒ書きたい手法に慣れてくると思うから、そういう意味でもとりあえず書いてみることをオススメします」

講のまとめ……………………………………………。

「イクラ丼《どん》が食べたかったな～♪」

青い海、白い浜辺《はまべ》にくみぽんの美声が響《ひび》き渡《わた》る。

「無茶《むちゃ》な約束をして精神に一層負担《ふたん》がかかった担当作家を尻目に調子に乗ってま～だ歌ってやがりますが、まとめなのでまとめると……いっぱい質問に答えたからどうしようかしら」

「どうせ質問者の求める答えになっているかもわからないのですから、何でもいいのでは」

モリナガの至言に従い、京子は言った。

「先人が築き上げた秀逸《しゅういつ》なネタ、アイデア、設定は煎《せん》じて煎じて煎じまくって白鳥《ハクチョウ》になったつもりで出涸《でが》らしまで消化しきれば、あなたもプロ作家として白鳥のように飛び立てるわよ!!!」

「そうなんだ」

とアイミ。

「腹を壊《こわ》しそうだが」

と如月。

「ほんと適当だなお前。今さらになって今期連載《れんさい》のサブタイトルの意味を痛感してきました」

「でしょ☆」

モリナガに殴《なぐ》られた。

「といったところで、また次回」

Season.2

第四話

羅延町《らのべちょう》五番街五。

普段《ふだん》は誰《だれ》も近付かない、深く静かな森の奥に、古風な洋館が一軒《けん》。

その書斎《しょさい》では、黒いセーラー服姿の、艶《つや》やかな黒髪《くろかみ》の少女がパソコンの前で頭を抱《かか》えていた。

「皆さんこんにちは、京子《きょうこ》サクリファイスです。締《し》め切りが明日に迫《せま》った私は制作部に無茶なスケジュールを約束したスニーカー編集部からガッツンガッツン追い込みをかけられています」

「読者に誤解を与《あた》えるような表現はやめて欲しいでありますっ!? 先生のお身体《からだ》を気遣《きづか》っては薬膳《やくぜん》料理を振《ふ》る舞《ま》ったり、お心を労《いた》わるためならば初音《はつね》ミクだって歌って踊るくみぽん(18歳でありますよ☆)であります!」

「よう、自称《じしょう》17歳と自称18歳」

モリナガがやってきた。

「挨拶《あいさつ》としては本っ当に最低の部類だと思うんだけど、モリナガってトシいくつなのよ」

「妖怪年齢《ようかいねんれい》で言えば15歳ですが」

「じゃあ私も妖怪年齢17歳」

「あ、あ、私もそれで18歳であります！」

「アレクサンドリア図書館ぶつけんぞお前ら」

講の1　作家ってこんな仕事。

「……アイミたち来ないかしら」

ふとキーボードから顔を上げて呟《つぶや》く京子。

少し離《はな》れたテーブルで紙袋《かみぶくろ》から大判焼きを取り出しながらモリナガは言った。

「高校は期末考査の季節なのではありませんか？」

「今回はそういう設定だそうなので、京子先生は気にせず原稿《げんこう》を進めて欲しいであります」

カタカタ。カタカタ……。

もの寂《さび》しくキーボードを叩《たた》く音が、静寂《せいじゃく》にこだまする。

「いやいやいや、ちょっと待ちなさいよ二人とも。前回思いっきり夏休みっぽく海に行ってた上に教える相手もいないんじゃお話にならなもぐっ」

モリナガの投げた大判焼きの一つが、京子の口を塞《ふさ》いだ。

「もぐもぐ……あ、なにこれおいしい。大判焼きなのにチーズとソーセージが入ってる。もぐもぐ」

「まあ私はカスタードクリームだけで良かったのですが、京子はスイーツよりジャンクなものが好きそうなので」

「それではあまり根を詰《つ》めてもなんですし、少し休憩《きゅうけい》してお茶の時間にするであります」

くみぽんが手馴《てな》れた様子で三人分の緑茶を淹《い》れる。

「で、アイミと如月《きさらぎ》がいないのに何の話をするのよ」

「そんなこともあろうかと、読者さんから頂いた質問を用意しておいたであります」

『物語の構成として、起転転転結という話が出てましたが、同じように土地を転がして金《かね》儲《もう》けできるでしょうか？』

「私もあんまり詳《くわ》しくないけど、バブル崩壊《ほうかい》とかリーマンショックのことを聞いてると土地とか箱で稼《かせ》げる時代は終わったように思います。これからの時代は現物ではなく先物です。石油を転がしましょう、石油を。ミリ秒単位の情報戦で大手ヘッジファンドに負けないように、ニューヨーク証券取引所の１㎞圏内《けんない》にサーバーを構えることをオススメします。

ブログでもなんでも、今の時代に必要なのは良い回線と良いＢＯＴです」

「ブログどころかネトゲすらやったことないのに適当抜《ぬ》かすなよお前」

ドバン、とドアが開いて如月が入ってきた。

「そうか、やはり石油かっ‼」

遅《おく》れてアイミがやってきた。

「玄関《げんかん》で京子ちゃんの声を聞いた如月ちゃんが瞬間《しゅんかん》移動したよ！」

ぱちくりとくみぽん。

「え～……お二人は試験期間だったのでは？」

「試験は午前中だけだから早上がりなんだよ、くみぽんさん」

「しかしであります、京子先生は執筆《しっぴつ》の最中ですので今日のところは……」

そんなくみぽんの言葉など、瞳《ひとみ》を＄《ドル》にした如月に届くはずもなかった。

「で、石油というのはどうやって転がせばいいいんだ⁉」

「いや、だから私も詳しくないけど、まず石油を買うんじゃないの？」

「そんな金はない」

終了《しゅうりょう》。

「……石油を買う金もないそんな如月にぴったりの、元手ゼロで稼げるいい仕事あるんだけどちょっとやってみない？」

「本当かっ⁉　やるっ‼」

「えっ？　でも如月ちゃん、そういういかがわしい話は危ないよ？　やめた方がいいよ？」

心配するアイミの声に、さしもの如月も思い止《とど》まった。

「う、む……そうか。アイミがそう言うなら……。ちなみに京子、それはどんな仕事だ？」

「ライトノベル作家」

……。

「ねえ京子ちゃん」

「何かしらアイミ」

「そう言えば私、よく考えずにプロになりたいって言ったけど……ライトノベル作家って危ない仕事なの？」

「なんで？　危なくないわよ」

「だって合法なの？」

「もちろん合法よ」

「なんで？　だって元手ゼロってことはいかがわしい仕事なんでしょ？」

「違《ちが》うわよ。全然違うわよ」

「でも、毎日家にいるからヒキコモリなんでしょ？」

「全然違うわよ。全く関係ないわよ」

「へー、じゃあライトノベル作家とヒキコモリの違いって何なの？」

「じゃあ、簡単に説明してあげるわね。まず、ヒキコモリは家から出ない。仕事をしていないし、やることといえばゲームかネットだったりするのよ。そんな感じで自分の部屋に籠《こ》もりっきりになっちゃうから、ヒキコモリって呼ばれるようになるの。心身ともに健康な大人がこれはいけません。お母さんに怒《おこ》られちゃいます。でもライトノベル作家というのはライトノベルを書く仕事なの。ねずみ講とも違って、存在する原稿を出版社を使って広めていくビジネスなのよ」

「そっかぁ！　それなら安心だね！」

「ね♪」

「じゃねーよ」

京子はモリナガに殴られた。

「えー。編集部から申し上げますが、ライトノベル作家はきちんと合法の、立派なお仕事であります」

「え、いや、なんで？　私もそう言ったわよね？」

講の2　時には削ってみよう！

『超《ちょう》スキマ法を使うとどうしても間延びした感じになるのですがどうすればいいですか？（キャラの個性が固まっていないのかもしれない？）』


「……と、いざ書いてみたけど、うまくいかない方もいらっしゃるようでありますよ？　京子先生」

くみぽんが読み上げた質問に、うんうんとアイミも頷《うなず》いた。

「いざやってみると、そこだけ取ってつけたような場面になっちゃったり、意外と難しいよ？」

うむうむと如月も頷いた。

「私も実際やろうとしたが、短編の濃度《のうど》を五倍に希釈《きしゃく》するという時点で無理がある」

「と言われても……」

京子は難しい顔で答えた。

「超スキマ法はうまくプロットが作れない場合の応急処置的な、小説を書くためのとりあえずの取っ掛《か》かりを摑《つか》むための練習法みたいなもので、そこまでカンペキな作品作りをするための……」

「まあまあ、京子先生。未来のスニーカー文庫で孵《かえ》る金の卵を温める意味でも一つ」

くみぽんがさりげなく京子のもとに緑茶を差し出した。

「露骨《ろこつ》にあざといわねぇ……」

「いやでありますねぇ先生。白でも黒でもスニーカー文庫に応募《おうぼ》するのがいい金の卵だなんて、誰もそんなこと思ってないでありますよぅ」

「白か黒か金かはっきりしろよ」

とんとんとテーブルを指で叩くモリナガのもとに、同じように緑茶を淹れに参じるくみぽん。

さておき京子は、質問のプリントされたコピー用紙に視線を落とした。

「じゃあここから真面目《まじめ》に言うわね。まず第一に、単純にネタ不足が理由に挙げられると思います。ゲーム風に言うと物語中のイベント数ね」

するとモリナガが、淹れ立ての緑茶を吹《ふ》き冷《さ》ましながら。

「それがすんなり出てくるようなら、わざわざ質問もしないのではありませんか？」

「そのとおりね。でも以前言ったとおり、ネタの話は前のシリーズで言ったことが教えられる全《すべ》てで、作品の根幹にしてオリジナリティに関《かか》わる部分だから……。今回はそういうプラス方向の話はおいといて、幾《いく》つかの前提条件を加えた上でマイナス方向の話をしましようか」

アイミが首を傾《かし》げる。

「前提条件って？」

「その作品が最後まで書き上がっていることよ」

如月が眉根《まゆね》を寄せる。

「……まだの場合はどうすればいいんだ？」

「そういう人は、とりあえず最後まで書きましょう。いい？　新人賞の選評なんかで言われる『間延び』とか『中だるみ』っていうのは、作品を最後まで通して読んだときに受ける印象の話なの。まだ書いている最中に、なんだか間延びしてきたけど……とか思ったりしたのなら、そこで判断するのはちょっと早計かもね。たとえば以降に怒涛《どとう》の展開が待っていたりするなら、その手前の間延び具合が合わさっていい感じの緩急《かんきゅう》になっているかもしれないわ」

茶をすすってモリナガは首肯《しゅこう》。

「なるほど。それに意外と作者本人が気付いていないだけで、読み手からすれば興味深い説明文や魅力《みりょく》的な会話劇だったりするかもしれませんね」

一緒《いっしょ》に、京子もお茶を一口。

「そういうこと。もちろんそんなうまくいってないことの方が多いけど、結局そんなの最後まで通して読んでみなきゃわかんないでしょ。わかるような『距離感《きょりかん》』を摑んでいるなら、超スキマ法なんかに頼《たよ》らずプロットを組み直してみてもいいし……ということで。有体《てい》に言うと、最後まで書き上がってる原稿《げんこう》さえあれば、間延びした原稿の直し方ははっきりと存在します」

「京子にしては珍《めずら》しく自信ありげですね」

モリナガは眠《ねむ》たげな目を少し大きくする。

席を立った京子は頷きながら、黒板を引っ張ってきた。

「だって他《ほか》でもない編集部が日常的、恒常《こうじょう》的に新人作家に喰らわせる常套手段《じょうとうしゅだん》だもの。そういうメジャーな手段だけにハウツー本に載《の》ってたり専門学校でもやってるかもしれないけどね。というわけでそんなハウツー本も買わず専門学校に行くでもなく、こんな過疎《かそ》サイトだけ見てタダ同然にプロを目指そうという奇特《きとく》で素敵《すてき》な林トモアキ信者にだけ京子サクリファイスがこっそり教えちゃいます！」

「過疎は余計なお世話であります!?　あとできればそういう偏屈《へんくつ》じゃない人にたくさん応募」

「名付けて!!」

バーン！

「『一割削減法』よっ!!」

ババーン!!


「……社会保障の法令案みたいな名前だね、京子ちゃん」

「そうね。税制の法令案みたいに聞こえないのはなんでかしら……ってそんなのはどうでもいいわね」

微妙《びみょう》な表情のアイミと一緒にお茶を飲みながら、如月が黒板に書き殴《なぐ》られた『一割削減法』の字を見やる。

「で、ライトノベルの場合は何を削減するんだ?」

「原稿」

言って、京子は300と書いた。

「応募用の原稿を300枚書いて、通し読みしてみて、なんか間延びしてるなーと思ったら……」

×0.1＝30
と書いた。

「30枚削るの」

「一割くらいなら、そんな大袈裟《おおげさ》に盛り上げてまで紹介《しょうかい》するようなことでも……」

拍子抜《ひょうしぬ》けしたように言いかけたモリナガの視界に、真っ青になって打ち震《ふる》える二人の女子高生の姿があった。

「……どうしたのですか、二人とも」

「い、いい、一割って、正気か京子⁉　そんなのどう考えたって不可能だぞっ⁉」

「そそ、そうだよ京子ちゃん！　ほとんど一章分だよ⁉　無理だよそんなのっ……！」

モリナガはしたり顔で笑う京子に視線を向ける。

「……これは一体どういうことです、京子」

「うふふ。全くなんにも書いたことのない人にはただの一割だけど、全身全霊《ぜんれい》を注いだ作品を一本書き上げた経験のある人は、今頃《いまごろ》自分の作品の全ての場面を走馬灯《そうまとう》のように脳裏《のうり》に駆《か》け巡《めぐ》らせつつ青ざめていることでしょうね……」

「……つまり、あなたにも経験が？」

「私じゃないけど林先生が」

「まーたそいつか」

「受賞した初めの打ち合わせで『どこが悪いってわけじゃないけどなんかいま一つ物足りないんだよね……とりあえず30枚くらい削ろうか？』って。編集者に会うのも初めてで、でもエロゲの話で盛り上がって『ああ編集者ってなんか気さくないい人かも～！』って思

った直後のことだったからそのテンションの落ち込みようと言ったらもう」

「つーかなんで初対面でエロゲの話してんだよその二人」

気にせず京子はアイミと如月を指差し高笑いした。

「フハハハハ!! わかったか素人《しろうと》ども!! プロの世界は厳しいのよ〜〜〜〜〜ッ!!!」

「ま、大賞や金賞の受賞者はそんなことないでありますけどね」

ずず〜ぅ、と自分で淹《い》れたお茶を自分ですする美人編集者妖怪《ようかい》。

「アスキー・メディアワークス電撃《でんげき》文庫超電磁キャノン!!」

「うえぽんバリアーっ!!」

電荷《でんか》を帯びた超高速《ちょうこうそく》の文庫本のカドをまともに喰らった白くて丸い何かが、悲鳴を上げる間もなく壁《かべ》を突《つ》き抜《ぬ》け地平線の彼方《かなた》へと飛んでいった。

「……くみぽんさん」

「なんでありますか京子先生」

「ギャグじゃなかったら死んでるんですよ？」

「何がでありますか？」

「確かにあなたの後輩《こうはい》かもしれないけど林先生のマスラヲとミスマルカを立ち上げたのみならず『涼宮《すずみや》ハルヒの驚愕《きょうがく》』初版五十万部を成し遂《と》げて会長賞まで取った結構すごい編

集者なんですよ⁉」

「私はその先輩《せんぱい》で副編集長でありますよ？」

京子はなんだか恐《おそ》ろしくなって、それ以上の追及を断念せざるを得なくなった。

アイミが小さく挙手。

「……林なんとかって人は何賞だったの？」

「優秀賞《ゆうしゅうしょう》よッ‼　優秀な作品だったのよッ‼　ちなみに同期は『NHKにようこそ！』の滝本竜彦《たきもとたつひこ》先生とか『氷菓《ひょうか》』の米澤穂信《よねざわほのぶ》先生とか『円環少女《えんかんしょうじょ》』の長谷敏司《はせさとし》先生とか超《ちょう》すごい人だらけよっ‼!」

「それはその先生たちがすごいんであって、お前が威張《いば》ることじゃないだろう」

拳《こぶし》を握《にぎ》り締《し》めて力説する京子に、如月が呆《あき》れていた。


『京子サクリファイス流に編集部の内情を是非《ぜひ》見てみたい。』


「怖《こわ》いところです。……じゃなくて。一割削《けず》るといろいろといいことがあるのよ」

「そこまで強引《ごういん》な話題の戻《もど》し方は初めて見ました」

「はいはい無料のレッスンなんで我慢《がまん》してね。ていうかモリナガはお茶飲みに来てるだけなんだからいいでしょ別に」

匠《たくみ》もビックリなセンスで風通しの良くなった壁《かべ》を見ながら、如月が言った。

「しかし……一割削るなんて大変なだけじゃないのか？」

「もちろん闇雲《やみくも》に削ればいいってわけでもなくて、結局は『どれくらい本気で削減に取り組むか』って話なのね。目的もなくただ漫然《まんぜん》と原稿を見直しても、小手先で言い回しを変えたり誤字脱字《だつじ》を見付けたりするだけで、肝心《かんじん》の作品全体の善し悪《あ》しってあんまり変わらないものなのよ」

困った様子でアイミが言う。

「でもせっかく一生懸命《いっしょうけんめい》書いたお話なんだから、削る部分なんてどこにもないよ……？」

「ええ、そういう自信がある人は今回のお話は無視していいわ。でもね、それでもなお『なんだか間延びしてる』、『何か勢いが足りない』と心のどこかで引っかかっている人。どこにも削る部分なんてない……かもしれないけれど、それでも一文一文によく目を通してみて」

そして京子は人差し指を立てる。

「そのキャラクターの行動は、読む人にとって本当に必要な描写《びょうしゃ》か？　その会話はそのストーリーにとって本当に必要な情報なのか？　何百枚も書いてれば、作品としての体裁《ていさい》を保つために『絶対に必要な描写』と『そうでない描写』、『絶対に必要なセリフ』と『そうでないセリフ』は必ずあるはずなのよ。削る削らないはともかく、まずは一文一文の、

『作品に対する重要度』を見極《みきわ》めてみましょう」

　ぽん、とアイミが手を打った。

「そっか。たとえばクライマックスの決め台詞《ぜりふ》なんかは絶対に削れないけど……」

　うむぅ、と如月が低く唸《うな》る。

「序盤《じょばん》や中盤《ちゅうばん》の日常会話なんかは、流れに任せて余分に書いてしまっているかもしれないな……」

「そう、そんな感じでね。たとえば今回の場合だとさっきのうえぽんが吹《ふ》っ飛ぶシーンなんかどう考えても無駄《むだ》でいらないんだけど」

「京子先生も大概《たいがい》ヒドイでありますね」

「それはそれとして、心を鬼《おに》にして優先度の低い文章をちょっとずつ削っていってみましょう。そうした取捨選択《せんたく》を繰《く》り返すうちに、やがては一文一文の必要性どころか、その作品で自分が表現したいことは何なのか？　本当に読む人に伝えたいことは何なのか？……という作品の本質的なところまで見えてくるようになるわ。本当に一割を削るのは無理かもしれないけど、だったらそれはそれだけ内容が充実《じゅうじつ》しているということだから大丈夫《だいじょうぶ》、全然気にしないで。一番大事なのは自分が読み手になりきって、真剣《しんけん》に自分の作品と向き合うこと。その具体的なキッカケとして、『一割削減』という目標を目指してみましょう」

　くるりと振《ふ》り返る。

「それともう一つ。この質問をくれた読者さんは、すでにとても重要なことに気付いているわね」

はい、と京子に指差されたアイミが答えた。

「キャラの個性が固まっていないのかもしれない……、のところ?」

「そのとおり。もちろん私も、実際にその読者さんの作品を読んだわけじゃないんだけど……だから実際、本当に個性の過不足が原因かはともかく……キャラの個性が固まると間延びの解消どころか、ありとあらゆる点でメリットしかありません。というわけで、それについてはまた次回に持ち越《こ》して、少し詳《くわ》しく見ていきましょう」

講のまとめ

「間延びしてるなら思い切って削ってみましょう。もし削れなくても、もっと簡潔な言い回しはないか? もっとわかり易《やす》い喩《たと》えはないか? 単調な会話が続いているようだったら、その一部分を行動や情景描写に変換《へんかん》することは可能か? 解説文が長すぎるなら、それをキャラクターの行動などで比喩《ひゆ》、暗喩《あんゆ》することはできないか? 今あなたの手元にあるその作品を魅力《みりょく》的にする方法は、実はいくらでもあります。そしてそれを自分自身で見付けるために、読者になったつもりの冷静な頭で、意識を集中して、一文一文を吟味《ぎんみ》してみましょう」

如月が言った。

「言うのは簡単だが、削って応募要項《おうぼようこう》の枚数に届かなくなってしまったらどうするんだ?」

「もしそうなってしまったり、本当に30枚、苦もなく削れてしまった場合は……今度こそ純粋《じゅんすい》にネタ不足が考えられるかもしれないわね。転、転、転……を目指してイベントの追加を検討してみましょう」

机に戻ってきて、京子は椅子《いす》に掛《か》け直した。

「で、それはいいんだけどあなたたち、試験勉強とかはいいの?」

はっ、とアイミが顔を上げた。

「そうだよ如月ちゃん、私たち京子ちゃんに現代文と古文のこと聞きに来たのに!」

「そうだ!　曲がりなりにも一応は文章を扱《あつか》うプロ（）なんだから詳しいだろう!?」

「（）は余計よ如月。でもそういうことならくみぽんに聞いた方がいいわよ」

「はっ?　私でありますか?」

「だって当たり前だけど統合された編集者の人格全部大卒だもの。ちなみに私が知ってる中で一番すごいのは青山学院大学卒」

アイミと如月のくみぽんを見る目が、キラキラキラキラと尊敬の眼差《まなざ》しに変わった。

「英語も教えてください先生！」

「化学も教えてください先生！」

「は、いや、まあそれほどでもないでありますが、そこまで言われたらしょうがないでありますねぇ、でへへ……数学とかはいいでありますか？」

「今日惨敗《ざんぱい》したから諦《あきら》めました。算数なんてコンビニでお買い物できれば充分《じゆうぶん》です」

目のハイライトを無くして答える二人。

「隣《となり》の部屋空いてるから、ご自由にどうぞ」

京子が手を差し向けると、両手に花を抱《かか》えたくみぽんが書斎《しょさい》を出て行った。

ノートパソコンを開けて仕事に戻った京子は、カタカタとキーボードを叩《たた》きながら。

「……当たり前だけど、作家なんてのはものを知っていれば知っているほど有利なので、本当にプロを目指したい学生の皆《みな》さんは原稿《げんこう》よりも勉強を頑張《がんば》りましょう。それからアイミたちみたいに、公式を覚えても実生活で使わないから数学なんか役に立たない、と思っている人はいないかしら？」

残った大判焼きを頬張《ほおば》りながらモリナガが頷《うなず》く。

「まあ、よく耳にしますね。そんな話は」

「学校で教える数学は他《ほか》の教科と違《ちが》って、知識の蓄積《ちくせき》が本質ではないの。人間社会で生活する上で重要な『論理的思考』の練磨《れんま》のための、要は『物事を順序立てて考える』力を養うことが目的なのよ。これはスポーツで言えば基礎《きそ》体力作り、ランニングや筋トレみたいなものだから、退屈《たいくつ》だったり頭がイライラしたりするのは仕方ないんだけどね。高校なんか勉強がいきなり難しくなるくせにそういうこと教えずに入学即《そく》受験用の授業とか始めちゃうけど、他の科目と同様か、あるいはそれ以上に、本当に意味のある勉強ということだけは覚えておいてね」

モリナガが大判焼きを食《は》み食み、言った。

「しかし順序良く物事を組み立てる……というと、なんだか以前のプロットの話みたいですね」

「そのとおり。この『論理的思考力』があればプロット作りはもちろん、他のいかなる職業に就《つ》いてもどうすれば効率よく仕事を片付けられるかがすぐに把握《はあく》できるし、たとえば会議でもどうプレゼンテーションすれば相手に伝わりやすいかを考えて企画《きかく》立案できるわけ。そんな感じで数学のできる人は総じて、社会に出てからも優秀なことが多いわよ」

「この連載《れんさい》を見ているとその組み立てられていない感じが本当によくわかりますね」

……。

「超スキマ法に頼《たよ》ってる学生さんがいたら、ちょっと数学を頑張ってみるのもいいかもね……」

「別に何回赤点取ったかとか聞かねえよ」

「『数学なんてつまんない！』『そもそもなんで地球上に存在してるのかがわかんない！』という人は講談社ブルーバックス刊、吉永良正《よしながよしまさ》著『数学・まだこんなことがわからない』、同著『ゲーデル・不完全性定理』を読んでみるのはいかがかしら。数学史を代表するような超難問を一般人《いっぱんじん》にも興味深く解説するとともに、人間理性における極限の戦いを繰り広げる数学者たちが個性豊かに紹介《しょうかい》されていて、思わず数学者を目指したくなること請《う》け合いよ」

「ブルーバックスなら、親御《おやご》さんにお願いすれば買ってもらえるかもしれませんね。町の大きな図書館であれば、置いてあるところもあるかもしれません。気軽に図書館司書に尋《たず》ねてみてください」

モリナガの丁寧《ていねい》な言葉に、京子はうんうんと頷いた。

「もしこれを読んでいる数学教師がいたら、ａｍａｚｏｎで自腹でポチって学校の図書室に寄贈《きぞう》するように」

「いねーよ」

「といったところで、また次回！」

Season.2

第五話

羅延町《らのべちょう》五番街五。

普段《ふだん》は誰《だれ》も近付かない、深く静かな森の奥に、古風な洋館が一軒《けん》。

その庭先の切り株に、今日も黒いセーラー服姿の、艶《つや》やかな黒髪《くろかみ》の少女が佇《たたず》んでいた。

「皆さんこんにちは、京子《きょうこ》サクリファイスです。ネトラリストほど凄《すさ》まじい意味かつ流《りゅう》麗《れい》な響《ひび》きを兼《か》ね備《そな》えた単語を他に見た記憶《きおく》がありません」

そこにモリナガがやってきた。

「いきなり何言ってんだお前」

「ダメよモリナガ！　前シリーズは連載できるかどうかわからなかったから適当ぶっこいてたけど実は感想の件数が林先生が過去10年間でもらったアンケートとファンレターの総数をたった7話で上回って私が林先生に妬《ねた》まれるほどの超人気連載《ちょうにんきれんさい》！　18歳未満はそんな言葉検索《けんさく》しちゃダメとかいう話をできるわけが！」

「じゃあするなよ」

「前の七話目の挿絵《さしえ》ですっごいキラキラしてたじゃない、私」

「……してましたね、そう言えば」

「『なんか調子乗ってますねコイツ』って」

「私なんか見えてましたよ」

くたびれた顔してアイミと如月《きさらぎ》もやってきた。

「ふぇ～、やっと試験が終わったよぉ～……」

「私も身体《からだ》を動かすのは得意なんだが、道場の稽古《けいこ》よりよほど堪《こた》えるな……」

「お疲《つか》れ様《さま》。じゃあそんなあなたたちに、今日は特別にこれをご馳走《ちそう》しましょう」

京子はプルタブがアルマイトグリーンのモンスターエナジーを四つ、妖力《ようりょく》で取り出した。

ごくごくと。

「わあ、おいしい！」

「うん、やはり高いドリンクは違うな！」

「……前に寝《ね》る前に飲んだら目が冴《さ》えて仕方なかったのですが」

「いやモリナガ、まだ真っ昼間だから」

講の1　前回からの続きです。

「じゃあ予告どおり、キャラクターのお話をしましょう」

「あれ？　京子ちゃん、今日はくみぽんさんはいないの？」

京子は横を向いて、けっと吐《は》き捨てた。

「ったく編集者なんて締《し》め切り前はさも『先生が世界の中心なんです～（涙《なみだ》）』みたいなこと言っておきながら取る物（原稿）さえ取ってしまえば薄情《はくじょう》なもんなのよ」

「この物語はフィクションでありますよォッッッ☆」

突如《とつじょ》くみぽんが空から降って来た。

「はぁ、はぁ、だから京子先生の言動は逐一監視《ちくいちかんし》しないといけないのであります……！」

「そんな無理に☆つけてまで登場しなくても……モンスターエナジー飲む？」

「いただくであります。とにかく京子先生には金の卵を普通《ふつう》に温めていただきたいのでよろしくお願いするであります。あ、これよろしかったら皆さんでどうぞ」

モンスターエナジーと引き換《か》えに、くみぽんは手土産《てみやげ》と一枚のプリントを京子に手渡《てわた》した。

『以前、某新人賞に送ったら、「戦闘《せんとう》シーンが冗長《じょうちょう》な上に退屈」というライトノベルとしてはかなり致命的《ちめいてき》っぽい指摘《してき》を食《く》らったんですが、どんな所に注意して書くのが良いのでしょうか？

小説ですから、ビジュアル面のハデさを重視したような、アニメやマンガの感覚で書いたらダメなんだろうなあ、というくらいは想像できますが、どうもコレといったものが思いつきません。』

『スキマ法大変参考になりました。短編プロットを章に割り当てるという方法も共感しました。中でも、起承転結の承の意味が解《わか》らないという話はとても心当たりがあっておもわずクスリと……。

で、本題なのですが、林……ごほん、京子せんせーに質問があります。共感したのはいいのですが、ページが埋《う》まらないんです。キャラクター同士の会話が長く続かないんです。会話が続かなくてキャラが移動してしまって次の場面に移動してしまうんです。』

くみぽんの手土産を開封《かいふう》したモリナガが驚嘆《きょうたん》した。

「ちょ、おおおおおい編集部。ゴディバっておまっ……」

「日頃《ひごろ》お世話になっている作家先生には当然至極《しごく》の、心ばかりのお礼でありますよ☆」

ぴしりと二本指の敬礼ウィンクするくみぽん。

「おいしーっ！　口の中でトロトロに溶《と》けて超《ちょう》おいしいよこのチョコ!?」

「何だこれうますぎるぞ!?　高いのか!?　高いチョコなのか!?」

「つーかゴディバにエナジーとかここのお茶会どうなってんだおい」

三者三様に興奮しながら口溶けを味わう三人。

「いや。あなたたち、読者さんからのありがたい質問……」

モリナガがチョコを口でとろけさせながら言った。

「わかっていますよ。最初の冗長になる悩《なや》みは、先回の間延びの質問と同じような問題に見えますね」

続いて二つ目のチョコを口に放り込んだ如月。

「しかし二番目の質問は、間延びという感じとは少し違うようだが……？」

「そうね。でもこちらの質問も、今回のテーマに包括《ほうかつ》できるので合わせて見ていきましょう。ちなみに一つ目の方は、お住まいと年齢《ねんれい》を見る限り1回目で紹介したガトー少佐《しょうさ》の質問と同じ方かしら？　今さらだけど皆さん、前シリーズでは毎回たくさんの感想と質問ありがとうございました」

京子がぺこりと頭を下げたところで、三つ目のチョコを食べたアイミが言った。

「えっと、前回は確か……間延びするのはキャラの『個性』が固まってないからかも？

っていう考察で終わったんだよね。ふぁぁ、おいしいぃ……」

「そうね。でも場面の間延び、戦闘シーンの冗長、キャラ同士のやりとり……全部、キャラクターの個性があればなんとかなったりします。あと私の分もチョコ残しておいて」

妖力で取り出した黒板に、京子は書いた。

「はい、じゃあ今回は『個性』のお話ね。ストーリーの展開とは関係無しに、登場した時点である程度定まっているもの……という意味では、『設定』のお話にもなるわね。ではライトノベルにおいて重要な個性とは何かしら？　はい如月」

「特殊《とくしゅ》な装備を持っているとか、すごい能力を持っているとかだな？」

日本刀を抜《ぬ》いて妖怪断裂斬《ようかいだんれつざん》の構えをとる如月へ、京子は頷《うなず》いた。

「もちろん大事ね。バトルものなら戦闘シーンに箔《はく》が付くし、物語自体をそうした装備や能力を生かした展開にするとストーリーにも深みが出るものね。他には、アイミ？」

「えーと、髪型《かみがた》とか、口調とかかな？」

「そうね。特殊なファンタジー設定の無い学園コメディなんかだと、そういった部分での差別化も重要になるわね」

二人が挙げたものを黒板に書き連ね。

うんうん、と京子は感じ入るように頷いた。

「さて……いま二人が言った外面的なことも大切なんだけど、私の経験から言うと活字が主体のライトノベルでは、内面的な『性格』部分のことを練り込んだ方が作品内で活《い》かし易《やす》いわよ。もし可能なら、これは『自我』の部分まで踏《ふ》み込めると最高よ」

言い終わったところで、京子もチョコを一粒《つぶ》。

「……うわーあざといわねー編集部……」

ゴディバに罪はないが、そういう口溶けだった。

「京子先生はどうしてそういうマイナスイメージな表現しかしないでありますか……それより、『性格』と『自我』の違《ちが》いの方を」

「まあ性格は性格ね。臆病《おくびょう》とかツンデレとか。でもそれは言うなれば、作者が役者に演技させているような部分もあると思うのね。あなたはツンデレですよ、って指導して、そのように場面場面でリアクションさせているわけ。まあ私の個人的な印象として」

「自我の方は？」

首を傾《かし》げたモリナガに振《ふ》り返り。

「『自我』というのは他《ほか》に適当な言い方が思いつかないから便宜《べんぎ》的に使っただけで……実際的な細かい定義はさておくとして……なぜそのキャラはそんなような性格になったのか？　どうしてこのイベントでこういうリアクションをするのか？　という出自とかバックボーンとかのつもりよ」

一例として京子はアイミに歩み寄り、さらさらの金髪《きんぱつ》の一房《ひとふさ》を手の平ですくい上げた。

「たとえばアイミは両親が国際結婚《けっこん》するほど社交的で見識が広いから、子供のアイミも物《もの》怖《お》じしない、素直《すなお》でいい子に育ったわけ。わぁい！　とかちょっとオーバーリアクションなのもその影響《えいきょう》ね」

「お母さんの故郷はスイスなんだよ！」

わぁい。

「如月の場合は小さい頃《ころ》から家の道場で門下生の男性と接する機会が多かったから、本人もその影響を受けて男勝《まさ》りな性格に育ったわけ」

ああ、とモリナガが得心した。

「アイミへの態度がキマシっぽいのもそういう理由ですか」

「そういうことね」

アイミと如月が素《す》で首を傾げていたが、京子は話を続ける。

「そんな感じで、このアイミと如月も金髪碧眼《へきがん》とか、黒髪男言葉とか、外見上のわかりやすい特徴《とくちょう》を持たせてはあるんだけど……それはこの二人に、いま言ったような出自があるからなのね。そして見た目の良さだけでそういう記号を付与《ふよ》するよりは、なんとなくでもそういう設定を意識してから特徴付けたり、キャラを動かした方が、キャラクターの言動に統一感が出易いの」

「発表前のライトノベルにはイラストなんてありませんから、内面的な部分の重要性はなおさらかもしれませんね」

モリナガの言葉に、しかしアイミは疑問を呈《てい》する。

「でも、金髪だったら『金髪の女の子』って書けばいいけど……自我とかそんなの、どうやって表現すればいいの？」

合わせて如月。

「うむ。たとえば後半で正体が明かされるような謎《なぞ》のキャラクターなんかは、生まれはどこで何歳のときにどんな事件に巻き込まれて……なんて迂闊《うかつ》に書けないじゃないか」

京子は頷いた。

「そうね。でも実はこれ、そういった人格形成的な部分をぼんやりとでも考えて、『このキャラはこういう性格だからこう行動するかな？』『こういうことを経験しているから、こんな発言するんじゃないかな？』ということを意識しておくだけで、場面場面の会話や行動の積み重ねの中に、ちょっとずつ現れてくるものなの」

アイミはまだまだ半信半疑。

「ほんとにそれだけでいいの？」

「ほんとに。どういう理由かは私もよくわかんないんだけど、たとえそんなキャラ紹介《しょうかい》を本文中に書いたりしなくても、本当になぜか、どうしてかわからないけどそうなのよ。とりあえずキャラの軸《じく》がブレたりすることはなくなるはずよ」

如月が言った。

「ああ、なるほど。軸がブレなくなる……つまり個性が確立される、というわけか」

アイミも首肯《しゅこう》。

「そっか……読む人にとってはその作品の中だけのキャラクターでも、キャラクター本人はそのお話の世界の中でずっと暮らしてきたんだもんね」

「そう、そんなイメージでね。キャラクターがそこに生きている、ということを意識しておくだけでもいいわ。もし、新人賞の評価シートなんかで『キャラの個性が足りない』なんて言われた経験のある人。あるいは書いてて作品中のキャラクターがいまいちパッとしない。動かしていてもなんとなく面白《おもしろ》みがない、というような人」

京子はやや真面目《まじめ》な顔で指差した。

「あなたの作品に登場するキャラクターたちは、『あなた自身の考え』でセリフを喋《しゃべ》ったり、『あなたの考えるストーリー展開の都合から』リアクションを返したりはしていないかしら？　もちろん書くのは一から十まで自分自身だから、そうなるのは当然なんだけど……それはひょっとしたら、『書いているあなた自身が性格設定に添ってそのキャラを演じてしまっている』から、行動や受け答えに新鮮《しんせん》みが感じられないのかもしれません。さっき言ったようなキャラの生《お》い立ちや背景を、ちょっと意識してみましょう。全員分考えるなんてさすがに大変だから、主人公とヒロインとか、主要人物だけでも充分《じゅうぶん》よ」

チョコレート片手にアイミが質問する。

「わかった！　そうすると、偉《えら》い先生のインタビューみたいにキャラが勝手に動いたりするんだね!?」

如月もぽんと手を打った。

「キャラクターが『自我』を持つとはつまりそういう意味か……！」

「ごめん、私や林先生はさすがにその境地にまで至ったことがないからよくわかりません」

「おい」

モリナガの冷静なツッコミを受け流しつつ、京子は続ける。

「でも、そうやって個々のキャラの内面が違っていれば、一つの話題でもキャラの数だけ違う考え方が出てくるわけだから……二番目の質問にあった『キャラの会話がうまく続かない』というような人は、会話にかなりの幅《はば》を持たせられると思うわよ。たとえば極端《きょくたん》な例として……」

京子はおもむろに、お茶会のテーブルになっている切り株の真ん中を指差した。

「ここに七つ集めるとなんでも願いが叶《かな》う玉が七つ揃《そろ》っていたとします。さあどうするッ!?」

「ええっ!?　えーと、えーと、京子ちゃん、そんなのいきなり言われても……！」

「道場の建て……いや、石油！　いややっぱりアイミと……!!」

「金の卵！　D撃《げき》とガ〇ガを一撃《いちげき》で叩《たた》き伏《ふ》せるような金の卵であります！」

「つーかなんでDBなんだよ。魔法《まほう》のランプでいいだろ」

わいのわいの。

「……ほら、誰《だれ》も心を一つに合わせて世界平和だなんて言いやしない上に無駄《むだ》に5行も使っちゃったわ」

「「「世界が平和になりますように」」」

「もういい」

ばっさり切り捨てて、京子は振り返る。

「どうでもいい話題でもこれだから、きっとなんとかなります。でも、もし本当に2～3枚くらいで切り替《か》わっちゃうような場面が連続しているようなら、無理に長くすると今度は『間延び』しちゃうかもしれないわ。そういう場合は、無理に場面場面にこだわらずに。うまく工夫《くふう》して、物語に必要なセリフや情報を一まとめにできるような大きな場面に入れ替えてみるといいかもね」

講の2　バトルしようぜ！

コピー用紙に改めて目を通した京子。

「続いてバトルシーンがうまく書けない、というお悩《なや》み。ぶっちゃけると林先生もアニメやマンガの感覚でしか書いていないので、それは全然大丈夫《だいじょうぶ》です。だからそこは気にせず、書きたいように書きましょう。うまくいかなくても、書きたいんだったら仕方ないわ。書きたい気持ちが一番大事」

「それは前のシリーズでも言ってましたね。ですが肝心《かんじん》の冗長《じょうちょう》になってしまう、の部分はどうなのですか？」

プリントのその部分を指差すモリナガに、京子は答える。

「この場合は『流れ』を意識した方がいいかもね。戦闘《せんとう》場面にも『起転結』をイメージしてみましょう」

「勝負事は何でもそうだな」

チャッ、と再び日本刀を手にした如月。

「少なくとも戦う相手と出会わなければ始まらないし、やっつけるにせよ逃《に》げるにせよ、勝敗が決まらなければ終わらない」

アイミは如月の素振《そぶ》りを見ながら呟《つぶや》く。

「でもその場合、『転』の部分は何になるのかな？」

「そうね、なかなか決着が付かなくて痺《しび》れを切らした敵が必殺技《ひっさつわざ》を使うとか。それで追い詰《つ》められた主人公に秘《ひ》められた力が覚醒《かくせい》する、何か機転を利《き》かせて局面を切り抜《ぬ》ける……。バトル自体が物語の中の一つのイベントなんだけど、週刊少年ジャンプの格闘《かくとう》マンガとか見てると、そのバトルの中にも山場（転）っていうのが結構あるでしょ」

　刀を収めた如月が納得《なっとく》した。

「うむ。そう言えばピンチになって、逆転して、とかは定番だな。バトルに相応《ふさわ》しい、燃える展開だ」

「そういうこと。あとはバトルしている舞台《ぶたい》を利用するのもありね。さっきの自我の話と同じように、そのキャラクターになった気持ちで、場面の風景を見渡《みわた》してみましょう。何か戦いに利用できそうな小道具や大道具はないかしら？　その状況《じょうきょう》で起こり得る、突発《とっぱつ》的なアクシデントもいいアクセントになるわよ。電車や飛行機の中で銃撃戦《じゅうげきせん》してるときに、不意に足元が揺《ゆ》れて……とか、アクション映画でよくあるでしょう。屋外だったら雨のせいで足が滑《すべ》って、そこから思いがけない展開になったりね。まあこういうのは小手先の思い付きだけど」

　エナジーを飲んだモリナガが一言。

「小手先ということは、肝心のキャラの個性との関連性は？」

「繰《く》り返しになっちゃうけど、バトルを起転結という一つのストーリーとして捉《とら》えれば、バトルにおけるキャラの役割も同じなのよ。なぜそのキャラは、そういう攻撃《こうげき》、または防《ぼう》御《ぎょ》、あるいは作戦を行おうと思ったのか？　直感からか、経験からか、推測からか？　勝つために迷わず行ったのか、あるいは過去のトラウマから躊躇《ちゅうちょ》や葛藤《かっとう》しながらか？　戦っているキャラクターたちのそういった心情を少しイメージして、必要ならセリフや地の文へと描写《びょうしゃ》していきましょう。あと実用的なテクニックとしては……リアルな意味での現代戦でもなければ、キャラクターたちは何か理由があって戦っているはずよね？」

　くみぽんがウィンクしながら人差し指を立てた。

「さっき言ったような世界平和のため、とかでありますね！」

「……うん」

「そこは素直に頷《うなず》いて欲しいであります、京子先生」

「まあとにかく。ただ殴《なぐ》り合うだけじゃなくて、そういうイデオロギーの衝突《しょうとつ》をセリフとして合間合間に織り交ぜながら、敵の間違《まちが》った意見を論破すると同時に必殺技で勝利！　なんて風に持っていければ最高ね。こういった展開はそれこそマンガやアニメなんかで素《す》晴《ば》らしい作品がたくさんあるから、いい作品をたくさん見て、どんどん取り込んで煎《せん》じてパクパクしていきましょう」

如月が、思い付いたように人差し指を立てる。

「……そうなると、セリフ抜きでのバトルはだめなのか?」

「それがね。だめじゃないんだけど、会話入りのバトルと比べると面白く書くのはかなり難しいのよ。たとえば言葉の通じない、ただのモンスターなんかが相手の場合。八割方は書く人の語彙《ごい》力や表現力の問題だと思います。私程度が教えられるような技術じゃないので、安井健太郎《やすいけんたろう》先生の『ラグナロク』を読んで参考にしてみてね」

講のまとめ

「個性的なキャラクターとは何か? 眼帯をしてても、黒いロングコートでも、悲しい過去があっても何でもOK。大事なのは『そのキャラクターがそうなるに至った理由をイメージしてみる』こと。そして可能なら、『そうして形成された人格として会話し、判断し、行動している』こと。なんとなくでいいし、主要キャラだけでも充分だから、これを少し意識してみましょう」


モリナガが頷く。

「現実を舞台にした文芸作品なんかは、ライトノベルから見れば極《きわ》めて地味な服装、普通《ふつう》の言葉遣《ことばづか》いの人物ばかりですが……イコール無個性なキャラというわけではありませんね」

「そういうことね。それはなぜかというと、人の内面を掘《ほ》り下げることに主眼を置いた文芸作品というものの性質も含《ふく》めて……文学賞を取るような先生たちは、当たり前のように人間の内面を見る力と、またそれを表現する技術に優《すぐ》れているからなのね」

説明を終えた京子は、温《ぬる》くなり始めたエナジーを一口。

「でもそう言われると……なんか大変そうだね……」

「うむ……どうしようか」

暗い表情のアイミと如月へ京子は言った。

「大丈夫よ！　それは文芸文学の先生たちのお話だから！　趣味《しゅみ》でライトノベル書くくらいなら全然そんな超絶《ちょうぜつ》技法関係ないから！　そもそも私も、林先生ですらそんな技術これっぽっちも持ってないから！」

「だろうな」

と言ったモリナガは無視して。

「ただ、小説という何百年も培《つちか》われた表現手法の基礎《きそ》的な部分だから、先人の知恵《ちえ》に見習う意味で……まあ、なんとなく。ヴィジュアルも大事だけど、内面も少しイメージしてみましょう、ということなのよ。そうして個性だけでも確立できれば、魅力《みりょく》的なキャラかどうかなんていうのはあとは読む人が決めること。読んだ人の感じ方次第《しだい》。だからそんな先の細かいことは気にせず、あなたが書きたいキャラクターを登場させましょう」

モリナガは頷いた。

「人妻でも充分良いわけですね」

「ええ。もちろんおっさんでもいいわよ」

「まだ引っ張るでありますか」

今日もまた日が傾《かたむ》いてきて。

「ごちそうさま、くみぽんさん！　チョコすっごくおいしかったよ！」

「私もこんなチョコを食べたのは初めてだ」

「いえいえ。このくらい、どういたしましてであります」

「よし。試験も終わったし、帰ったらいま書いている原稿《げんこう》のキャラを少し見直してみよう」

「だね、如月ちゃん！　それじゃみんな、ばいばい！」

アイミと如月が元気に帰っていった。

「……私もモンスターエナジー振《ふ》る舞《ま》ったんだけど……」

ちゃぷ、とエナジーの缶《かん》を振《ふ》ってモリナガ。

「普通の缶ジュースよりは高いですが、ゴディバを出されたらそれは」

「今回に限れば普通のピコーが良かったでありますね」

ぱくりと、チョコを食べるくみぽん。

箱が空になった。

「いやいやいやあんたくみぽんさん、会社の領収書切って買ってきてるんでしょ!?」

「しかも最後の一個自分で食べるってどうなんだ編集部、おい」

「そこはフィクションでありますから、たまには編集部がオイシイ思いをしてもいいであります。といったところでまた次回であります！」

てへぺろ☆

Season.2

第六話

羅延町《らのべちょう》五番街五。

普段《ふだん》は誰《だれ》も近付かない、深く静かな森の奥に、古風な洋館が一軒《けん》。その庭先に黒いセーラー服姿の、艶《つや》やかな黒髪《くろかみ》の少女が佇《たたず》んでいた。

「みなさんこんにちは、ライトノベル妖怪《ようかい》の京子《きょうこ》サクリファイスです。当たり前のようにきゃりーぱみゅぱみゅをうまく発音できません」

「言えてるではないですか」

「打つのは簡単なんだけどね。モリナガ言える？」

「きゃみー」

……。

「おほほほほっ！」

「……今のは練習です」

「おほほっ、おほほほほほっ！」

「おい待て練習だっつってんだろアホ妖怪、もう一回言わせろっ」

「おーっほほほほほほほほほほほほほほほほっ……‼」

お上品笑いをしながら物凄《ものすご》い勢いで逃《に》げ回る京子を、顔を赤らめたモリナガが物凄い勢いで追いかけていった。

ややあってアイミと如月《きさらぎ》、くみぽんが現れた。

「こんにちは京子ちゃん！」

「元気そうだな、妖怪風情《ふぜい》」

「というより……なぜイミダスに埋《う》もれてるでありますか？」

イミダスに埋もれた京子が、のそりと顔を上げた。

「いらっしゃい、三人とも。たったいま、長編一冊の最後を飾《かざ》れるような妖怪同士の凄絶《せいぜつ》な死闘《しとう》があったところなのよ」

「ラノベ如《ごと》きが有史以来の情報集積体（意訳・図書館）に勝てると思うなよ」

そしてなんだかんだでいつもの青空教室。

「今日のお茶菓子《がし》は、Jacques Genin のキャラメルであります！」

「……ごめん、くみぽんさん。読めない」

「『ジャック・ジュナン』であります」

くわっ！　と顔色を変えたアイミ、如月、モリナガがキャラメルを食べ始めた。

「すごいよ！　やわらかいよ！　おいしいよ〜！」

「しかも全然歯にくっつかないぞ⁉」

「なるほど、これがパリの味ですか」

もくもくとキャラメルを舌で転がす三人を他所《よそ》に、京子はピコーをティーセットに移しながら言った。

「あざとい編集部の謀略《ぼうりゃく》によりみんな骨身までとろけてしまったので、今回はキャラクターについての……教えるというより、考察みたいなものをしていこうと思います」

「京子先生、またキャラクターでありますか？　このSeason．2も大詰《おおづ》めでありますし、設定やお話の作り方などは……」

「それらについては個別に教えられるほどのことがない、というのが一つ。実際に設定やストーリー作りについての質問がなかった、というのがもう一つよ」

モリナガが首を傾《かし》げた。

「意外ですね」

「ええ、私も意外だったけど……よく考えたら厨二《ちゅうに》病という言葉もあるように、『設定』というのは中学生くらいになれば誰に言われるでもなく、ついつい面白《おもしろ》くて考えてしまうものなのよね」

「空想で遊ぶのは楽しいよね」

　アイミの笑顔《えがお》に京子は笑顔で頷《うなず》き返した。

「それこそ全《すべ》ての創作の原点であり、趣味でもプロになっても変わらないことだから、単一の項目《こうもく》としては扱《あつか》わないわね。もう一方のストーリーについては、繰《く》り返しになるけど前のシーズンで言ったことが私に言えるほぼ全て。あまり他人が口を挟《はさ》める領域ではないし、読者さんたちも賢明《けんめい》だからそのものズバリを問うような質問はなかったわ。ただ……だからこそキャラクターについては、もうちょっと言っておこうかしらと思って」

　モリナガが言った。

「それはなぜです？　これまでもかなり詳《くわ》しくやってきた印象ですが」

「実は『設定』のみ、『ストーリー』のみでのお話はできないけど、『キャラクター』に付《ふ》随《ずい》する形では考慮《こうりょ》に値《あたい》すると思われることが幾《いく》つかあるの。先回やった個性の話は、キャラクター全般《ぜんぱん》についての割と普遍《ふへん》的なものだったけど、今回は特に『主人公』についてのお話。そしてこれは林先生が前シリーズの開始以前に実際に受けた質問と、それに対する返答を再構成したものよ」

講の1　『主人公』というキャラクター。

「あるとき林先生が質問を受けたそうです。『どうしたら魅力的な主人公を書けますか？』」

紅茶を一口したくみぽんが問う。

「主人公については、選評や評価シートでもよく取り上げられるでありますね」

次に如月。

「うむぅ。主人公の個性が薄《うす》くて目立たないとか、そのせいで脇役《わきやく》に呑《の》まれてしまっている……とかだな」

「じゃあ逆にね、良い主人公って何かしら？」

黒板の前に立った京子が質問すると、アイミは青空を見上げながら指折り数える。

「えっと……それはもちろんバリバリ活躍《かつやく》して、かっこよくて……あと、そうそう！　感情移入できることが大事だって何かで読んだよ！」

「そうね。でもそういった正統派な解説については世のハウツー本とかに詳しく書いてあると思うから、ここでは私の独自の解釈《かいしゃく》で考察していくわね」

チョークを片手に京子は続ける。

「良い主人公のテンプレートを一つ挙げます。『問題に直面した際、読者の予想を裏切る形で解決する』というものよ」

モリナガが得心した。

「問題を解決するという展開について……なるほど、ストーリーの話にも絡《から》むわけですね」

「そのとおり。主人公の善し悪《あ》しというものは、結局はキャラ単品で括《くく》れるものではなく、ストーリーと密接に関係してくるの。主人公を魅せるためには、『主人公に与《あた》えられた個性を最大限発揮できる舞台《ぶたい》設定とストーリー展開』が、絶対に必要なのね。逆に言えば、それさえできれば自《おの》ずと主人公というキャラが際立《きわだ》ってくるわ」

アイミが首を傾げる。

「じゃあ、良い主人公を作るためには、『主人公のためのストーリー』を作ればいいってこと？」

「極論、そうなるわね。もちろんストーリーや設定を先に思い付いたなら、それを活《い》かせる主人公を後からあてはめても構わないけど……どちらにせよ、『キャラクター』、『設定』、『ストーリー』の三つの要素は作品とする際に密接に結びついてくるから、実はあんまり切り離《はな》して考えるのは良くないのね」

京子は黒板に書き記した。

要項《ようこう》1・その主人公でしか成り立たないような展開や設定を意識してみる。

「……あるいは、」

補記・そうならざるを得ない主人公こそが真に個性的である。

「……と言えるわね。逆に言うと主人公の設定や性格を変えてもストーリーが成り立ってしまう場合、誰が主人公でも当たり障《さわ》りのない平凡《へいぼん》な展開になってしまっている、ということの裏返しかもしれません」

「ちょ、ちょちょ、ちょっと待て京子！」

如月が慌《あわ》てて手を振《ふ》った。

「今までから比べると、とんでもなくレベルが高いことを言ってないか⁉」

「まあまあ、今回のはただの考察だから。めんどくさかったら今まで以上に気にしなくていいわよ。そういう考え方してる人もいるんだなぁ、くらいの話半分でブラウザゲーやってていいから」

キャラメルを一口かじって、京子は続ける。

「あ、おいしい。……えーと、実はこの質問をされた方は某社《ぼうしゃ》の編集者付きで何年か修《しゅ》業《ぎょう》をされたそうで、その間『主人公は感情移入できることが大事』、『主人公には特別な才能がないと駄目《だめ》』と言われ続けてきたそうです」

「ですが一般論《いっぱんろん》として、そうではないのですか？　ライトノベルのような恋《こい》も冒険《ぼうけん》もありの活劇ものならなおのこと……」

言いかけたモリナガへ、京子は振り返った。

「なんだけど、実はこの二つというのは全く違《ちが》うレベルの話をしているの。『特別な才能がある主人公』は設定の話。『感情移入できる主人公』っていうのは言い換《か》えれば、読者を感情移入させられるかどうかっていう技術の話なのね」

「それだと何か問題が？」

モリナガの声を背にして京子は書く。

要項２・感情移入の有無《うむ》は副次的なもの。

「何年かプロとしてやってきた個人的な意見だけど、『感情移入できる主人公』なんて言うは易し行うは難しの典型よ。正しいことは正しいから、創作を始めたばかりの人なんかだと特にそうしなきゃダメみたいに思っちゃうけど、実は全然気にしなくていいです。なぜならこれ、『笑える主人公を書け』っていうのと同じ、高度な要求をしているの」

「笑える……」

ぱっとはイメージできないように、アイミと如月の表情が曇《くも》った。

「えっと……京子ちゃん、どうやって書くの？」

「うむ……私もギャグ小説を書こうと思ったことはないから、さっぱりわからん」

「でしょ？　たとえばお笑い芸人の人たち。みんなプロとしてお客さんを笑わせるために仕事をしているけど、司会で喋《しゃべ》ってるだけでも面白いベテランと、舞台でネタまで用意しても滑《すべ》っちゃう若手がいるわけじゃない？　『感情移入させる』っていうのも同じように、受け手の意識をある意味で操作するような高等テクニックなのよ。そういう根本的に技術的なお話で、やれって言われて簡単にできる類《たぐい》のものではないから、悩《なや》んでも仕方のないものであることをいい意味で割り切っておいてね。あと編集者はそんなもんアドバイスとしてほぼ無意味だってことをよく覚えとけよ」

「いえ、私のことではないでありますが……」

首を横に振るくみぽんの横で、モリナガが首を傾げた。

「まあ『読者を楽しませるものを書け』、と言われて書ければ誰《だれ》も苦労はしませんね。では逆に、全く感情移入できなくてもいいのですか？」

「これも個人的な感想なんだけど、ライトノベルに関しては文芸文学作品ほど感情移入は重要ではないように思います。キャラクターに限って言うなら、『自分はコイツにはなれないけど、コイツの活躍をもっと見たい！』と思わせることも、エンターテインメントとしてとても重要だと思うのね」

講の2　個性的な主人公は八難隠す。

アイミが思いついたように言った。

「そういえば『ターミネーター』は機械だから感情移入はできないけど、ロボットだからすごく個性的？　だよね？」

「あら、それはいいたとえね。あの映画はそれを取り巻く人間模様こそが主人公の視点に近いけど……特にT2のターミネーターというキャラクターに限って言えば、『思い入れ』みたいなニュアンスの方が近いかしら。感情移入できなくても、受け手がそのキャラクターに魅力《みりょく》を感じて応援《おうえん》する気持ちになれば、敵に与《くみ》するような見方はしないでしょ？　わざわざ最初から感情移入できるキャラを意識しなくても……ということよ」

京子は紅茶を一口。

「対極として、エロ……じゃなくて、美少女ゲームの主人公を考えてみましょう。ああいったゲームの主人公は基本的に、極力当たり障りのない性格に設定されているんだけど」

モリナガが言った。

「前髪《まえがみ》で目が隠れているやつらのことですね」

「そうそう。あれはなぜかというと、エ……恋愛《れんあい》シミュレーターとして最大公約数のプレイヤーが主人公になりきれる（感情移入できる）よう要請《ようせい》された結果、定着した様式美なのね。だから誰が主人公でもいいわけ。でもボイスも音楽もエロ絵もない、プレイする楽しみもないライトノベルでは、無個性な主人公で読む人を楽しませるのはなかなかハイレベルだと思うのよ。あ、プレイっていうのはもちろんゲームをプレイするって意味で……」

「京子先生、学生さんも読んでおられるでありますから」

はい、とくみぽんへ頷き、京子は続けた。

「つまり最近、特に参考にしやすい主人公のモデルケースとして『ギャルゲー型主人公みたいな癖《くせ》のないキャラ』というのがあって……主人公に常識的な感性を持たせることで、個性的なヒロインたちへのツッコミ役に用いるとか、書き易《やす》いことは書き易い、読む方もテンプレで読み易いんだけど……それがイコールで『良い主人公』かというと、必ずしもそうではないと思うの」

京子は黒板に記す。

「『自分が書き易い』＝『読んで楽しい作品』とは限らない。書き易いのはきっと、あなたと主人公の間に齟齬《そご》が少なくて、自分自身が違和感《いわかん》なくその主人公になりきれているからだと思うんだけど……あなたという普通《ふつう》の人の意識や考え方や行動を、他《ほか》の人が見て面《おも》白《しろ》いかというのはまた別な話だったりもするわけね。最初に如月が言った『主人公のキャラが弱い』なんて選評を受けた人は、たぶんその辺りも一因じゃないかと思うんだけどうかしら？」

モリナガがなるほど、と一息。

「周囲がラノべらしいぶっ飛んだ個性の登場人物ばかりなのに、肝心《かんじん》の主人公が常識的な言動しかしないのでは……それはキャラとして一味足りないかもしれませんね」

おず、おず……と如月が挙手した。

「……正直、私がいま書いてる応募《おうぼ》用の作品に少し心当たりがあるのだが」

「私が持論を言いたいだけの自己満ご都合展開にもかかわらずナイスよ如月！」

「うぅ……。そう言われるとなんだかダシにされたようで気は進まないが……具体的な解決方法はあるのか？」

ばん、と後ろ手に黒板を叩《たた》く京子。

「あります！　主人公には何か一つ、どんなありきたりなものでもいいから一つだけ、揺《ゆ》るぎ無い個性を仕込んであげましょう」

要項３・主人公にこそ『個性』を付与《ふよ》すべき！

「いま書いている作品の主人公が、如月の作品のようにこれといった特徴《とくちょう》のない主人公かも……という人。狙《ねら》って書いたなら全然いいんだけど、書き始めたらなんとなくそんな風になっちゃってあんまり自信がない人。作中で一番自信のある個性的なサブキャラと、性格設定を入れ替《か》えて考えてみましょう。ツンデレとか、いけすかないキザ野郎《やろう》とか、食《く》いしん坊《ぼう》だとか、超《ちょう》オタクとか、ヘンテコでテンプレートなわかりやすいキャラが一人はいるはずよ？　どう？」

「サブキャラがいいのでありますか？　新しく考えるのはダメでありますか？」

くみぽんの質問に、京子は一応首肯《しゅこう》する。

「ダメではないんだけど新しく作ろうとすると無意識的に加減してしまって、結局また扱《あつか》いやすいクセのない主人公になったりするから、そこだけ気をつけてね。でも既《すで》に使ったことのあるサブキャラであれば、ある程度自分の中でイメージも固まっていて、言うなれば『言動を消化し切れている個性』なわけ。練習にはうってつけだと思うのよね」

アイミがハイハイと大きく手を挙げた。

「私が如月ちゃんに見せてもらった原稿《げんこう》の中で一番好きだったのは、故郷に奥さんと子供を置いてきたけど女好きで、どんな問題も鉄拳《てっけん》制裁で片付けちゃう不良軍曹《ぐんそう》さん!!」

「って、まーたおっさんでありますか!?」

「馬鹿《ばか》ーッ!!　なんでそれを主人公にしないの如月ッ!?」

ティーセットがひっくり返る勢いで切り株を叩く京子。

「は!?　ハァッ!?　いや、なんでって言われてもだ、そんなの主人公にしたら話がメチャクチャになってしまうじゃないか!?」

「そうであります！　おっさんが主人公なんていうのはこの講座の中だけの妄言《もうげん》で、どうせならうた☆プリみたいな美少年たちがもぐっ!?」

「てめえはマカロンでも喰《く》ってろ」

モリナガはくみぽんの口に持参のマカロンを詰《つ》め込むと、溜《た》め息《いき》とともに如月へ冷たい視線を投げかけた。

「……どうせ主人公は戦争や人殺しについてうじうじ悩んで、ご都合的に状況《じょうきょう》に流されるような顔がいいだけの新米兵士ではないのですか？」

「う……」

ぐうの音も出ないように如月が押し黙《だま》り、京子は呟《つぶや》いた。

「この際だから趣味《しゅみ》で書くとかは置いといて、新人賞に的を絞《しぼ》った話をしましょうか。主人公が大人しい場合は他の部分で……たとえばよほど話の展開がすごいとか、設定がうまいとか、文章力があるとかじゃないと、他の応募作品に埋《う》もれてしまうかもしれないわ。その辺の技術に自信があるとか、どうしてもその主人公じゃなきゃできないネタがある…

…っていうなら全然問題ないんだけどね」

「しかし私が書いているのは戦争物だから、平和や命の尊さについても触《ふ》れた方が物語に深みが出るだろう？　だったら読者の共感しやすい、同じような年代の若者の方が……」

「ええ、もちろんそれも正しいの。ジャンルがラブコメならさしずめ成績は中の下、スポーツ普通で特にモテるわけでもない普通の男子高校生だけど……といったところかしら。前例はたくさんあるから、イメージし易い、書き易い」

続けて京子は言った。

「でも一方でそれは、他の人にもその話が書き易いということの裏返しでもあるの。そしてアイデアが同レベルなら、あとは単純に構成力や文章力といった技術の勝負になってくる。大学の文学部にいたとか、年間百冊以上も小説を読んでいるような人たちの文章力は凄《すさ》まじいわよ。……で、そう聞いたら自信がない人」

素直《すなお》に挙手するアイミと如月へ、京子は首肯。

「大丈夫《だいじようぶ》、アイデア一発で通ることもあるわ。その場合、半ば使い捨てになってしまう『ストーリー』や『設定』を練り込む以上に簡単かつ威力《いりよく》のある方法が……」

「……『個性的な主人公』、ということですか」

一理あることを認めたようなモリナガへ、京子は振《ふ》り返る。

「可能性としてね。なんとなく無個性な主人公にしちゃったとか、書いてて物足りなく感じている人は、少し考えてみて。確かに如月が言ったように展開がめちゃくちゃになるかもしれないし、話自体はかなり作り辛《づら》くなると思うんだけど……」

あ、とアイミが気付いたように手を打った。

「そっか、最初に言った『個性的な主人公に見合った展開』が必要になってくるからだね」

「まさしく。でも苦労した分、書いてて自信がないような主人公だったときよりも、キャラクター性もストーリー性もアップするはず。そしてこの場合の個性というのは、『特殊《とくしゅ》能力』もだけど、前に言った『性格』や『自我』の部分である方が好ましいの。能力はそれを使う場面でしか生きないけど……」

くみぽんが首肯。

「性格であればその言動が物語全体に波及《はきゅう》するから、より主人公の印象を強めるでありますね？」

「そういうこと。もちろん、これを読んだみんなが実際どうするかは自由なんだけど……ストーリー作りだけでは、どうにも行き詰《づ》まりを感じてしまったような場合。『主人公というキャラクターは非常に強力な武器たりえる』ということを覚えておいてね」

一息して、振り返る。

「とまあ、私はそんなふうに思って仕事してるんだけど……如月としてはどうかしら？」

如月は少し悩《なや》んだ後……しかし首を横に振った。

「……そうだな。だが私の場合は、そもそも戦記ものという時点でかなり自信がある。それはお前たちにあらすじを伝えたときの反応からも確かだと思ったことだ。だから今回はそれを武器にして、主人公については冒険《ぼうけん》せず、ストーリーをまとめることに主眼を置こうと思う」

おお……と誰《だれ》ともなく如月に拍手《はくしゅ》を送るその他。

京子も素直に首肯した。

「それだけ明確なビジョンがあるなら、これ以上私が口を挟《はさ》むこともないわね」

「すごいね、如月ちゃん！」

「え？　いや、しかし……そうなのか？」

思いがけぬ反応に戸惑《とまど》う如月へ、くみぽんが笑顔《えがお》で頷《うなず》いた。

「前に京子先生が、編集者は隠したい部分ほどずけずけものを言ってくる、ようなことを言ってたでありますが、逆もまた真であります。作者が自信を持って書いた作品というのはそれが伝わってくるでありますし、得てして高評価につながるであります！」

京子が首肯する。

「一から十まで完璧《かんぺき》な作品なんてそうそう書けるもんじゃないわ。だからせめて『これだけは他の誰にも書けないはず』『こんなことを書くのは自分くらいなものだろう』というものを、何か一つ見定めておきましょう。その部分を特化させるだけで、今度はキャラだけでなく作品としての個性が一気に際立ってくるわよ」

　しかるにモリナガ。

「アイミはどうなのですか？」

「何が？　モリナガちゃん」

「そういう、気になることや自信のない部分など、あなたはないのですか？」

「う～ん？　私は別に……書いてて楽しいから、それでいいかな、って」

　笑顔で答えるアイミ。

　京子はちょいちょいとモリナガの袖《そで》を引っ張った。

「何ですか」

「ぽけぽけ～っとしてるけど、アイミは天才肌《はだ》だからいいのよ。好きにさせておけば伸《の》びる子だから」

　ナイショ話にくみぽんも加わった。

「無人島に何を持っていくか聞いたら、ペンと原稿《げんこう》用紙を持っていくと答えるタイプでありますね」

「ちなみに林先生はその質問には『希望』と答えたけどね」

「なんで漂流《ひょうりゅう》前提で答えてんだよそいつ」

講のまとめ

「ちなみに林先生が新人賞を取ったときの選評は、『ストーリーや設定は凡庸《ぼんよう》だが、とにかくキャラが立っている』でした。要するにキャラだけで新人賞は取れるのよ。もちろんストーリーの面白《おもしろ》さだけでも賞は取れるでしょうけど……そっちは私じゃ教えようがないから割愛《かつあい》ね」

モリナガが眠《ねむ》い目で言った。

「創作に王道なし……今回はあくまでも、そういう考え方もあるのではないか、という考察なわけですね」

「そういうことね。でも主人公の個性さえ確立できれば、それが魅力《みりょく》的かどうか、感情移入できるかどうかなんて全部後からついてくるから大丈夫。魅力的な主人公が活躍《かつやく》していれば話は自然と盛り上がるし、それで面白ければ編集者だって感情移入がどうとか細かいことは言いません」

「……ノーコメントでお願いします、であります」

我関せずにくみぽんは茶をすすった。

京子は気にせず続ける。

「そして魅力的な主人公を表現する際に重要なのが、『こんな経験をしてきた主人公だから、こういう状況《じょうきょう》にはこんなふうに向き合うかも……』という自我のイメージなのね。これがうまくいくと主人公とストーリーとのリンクが深まって話のまとまりが良くなり、作品全体がレベルアップするはずよ」

頷き、モリナガはマカロンを食べる。

「なるほど。あのときの自我の話は、このための前振《ふ》りでもあったわけですか」

「加えて言うなら、感情移入にしてもそんな感じよ。書く人がその主人公の自我を意識して意識して喋《しゃべ》らせたり行動させたりすれば……それは、読む人にきっと伝わると思います。個性の一部としての、その主人公の意志や、自我みたいなものがね」

茶菓子《ちゃがし》とお茶もあらかた平らげたところで、今日も日が暮れていく。

二人の女子高生が各々《おのおの》の鞄《かばん》を手にして立ち上がったところで、京子は尋《たず》ねた。

「そういえば、あなたたちもどこかに応募《おうぼ》するのよね？　原稿《げんこう》の進み具合はどうかしら」

「うん、私はもう少しかな。如月ちゃんは？」

「私もある程度は形になってきたのだが……まあせっかくだから、これまで京子から聞いた話を改めて検討して、手直ししてみようと思う」

「そう。まあ、あんまり気負いすぎないようにね。所詮《しょせん》ライトノベルだから」

如月が答えた。

「わかっている。金のかからない趣味《しゅみ》の延長線上で、あわよくば賞金や印税が入って……でいいのだろう」

「そうそう。その調子でね」

笑顔で頷く京子。

「というわけで。まだいくらか質問は頂いたんだけど、役に立ちそうな形で答えられそうな質問、うまくネタにできそうな質問にはあらかた答えてしまったので、次回で最終回よ」

Season.2

第七話

羅延町《らのべちょう》五番街五。

普段《ふだん》は誰も近付かない、深く静かな森の奥に、古風な洋館が一軒《けん》。その庭先に黒いセーラー服姿の、艶《つや》やかな黒髪《くろかみ》の少女が佇《たたず》んでいた。

「皆《みな》さんこんにちは、ライトノベル妖怪《ようかい》の京子《きょうこ》サクリファイスです。モンスターエナジー派なんだけどささみさんがレッドブルを飲んでいるのでレッドブルに宗旨《しゅうし》替《が》えしようか悩まされています」

そこにモリナガがやってきた。

「悩まされるって何ですか。買ってくればいいでしょう」

「馬鹿《ばか》ーっ!!　担当に言われてアニメ見始めたら面白くって見逃《みのが》してた第一話を偶然《ぐうぜん》PS3のダウンロードコンテンツで配信されてるのを見つけて喜んだはいいけどよくよく考えたら角川資本ですらない完全他社他レーベルのラノベ原作アニメをまんまと買わされたことに気付いたときのあの屈辱《くつじょく》と敗北感があなたにわかるっていうの!!」

「わかんねえよ」

そこにくみぽんが現れた。

「我が社から得た印税を他社へ融通《ゆうずう》するとかスニーカー執筆陣《しっぴつじん》にあるまじき裏切り行為《こうい》であります!!」

「ガガガファイアー」

京子の手にした文庫本が火を噴《ふ》き、白くて丸い何かを黒焦《くろこ》げにした。

「京子先生。バーベキューのときとか随分《ずいぶん》便利に使っているでありますが、事前確認《かくにん》で許可を得られたのはあくまでも前のシリーズの話でありますよ?」

「こちとらアニメが面白いせいで人類は衰退《すいたい》しましたとささみさんの原作を大人買いさせられてるんだから文句言われる筋合いないわよ。あとそもそもの元ネタはテッドファイアーです」

そんなこんなをしているところに、アイミと如月《きさらぎ》がやってきた。

「こんにちは、京子ちゃん!」

「何の話をしているんだ?」

「いくらプロとしてラノベ書いてようとアニメ化されない限りは搾取《さくしゅ》される側の存在だという話よ」

講の最後に

場所を移していつもの切り株のお茶会。

京子はアイミと如月がA４の茶封筒《ちゃぶうとう》を持っていることに気が付いた。

「……二人ともどうしたの、それ」

「えへへ。うん、私の初めての応募作品だよ！」

「以前のスキマ法のときからこつこつ書き上げたものが、ようやく完成したんだ！」

京子はティーカップにピコーを注ぎながらにこやかに頷《うなず》いた。

「そう。おめでとう、二人とも」

「うん！　京子ちゃんがいろいろ教えてくれたおかげだよ！」

アイミの言葉に、如月は相槌《あいづち》を打った。

「私なんかはいろいろ苦労もあったが、同じような悩《なや》みを抱《かか》えたみんなの質問のおかげでどうにかここまで辿《たど》り着けた。礼を言うぞ」

如月がぺこりと頭を下げた方向へ、京子は振《ふ》り返る。

「**※受講者の感想であり、効果には個人差があります**」

「だから過疎《かそ》サイトのこんな隠《かく》れコンテンツに誰《だれ》もそこまで期待してねーよ」

「京子先生、せっかくですからイイお話のままにしておきましょうよ……あと過疎は余計であります」

はい、と向き直り。

「それじゃあこの『現役プロ美少女ライトノベル作家が教える！ ライトノベルを読むのは楽しいけど、書いてみるともっと楽しいかもよ⁉』シリーズも、いよいよ終了ね。これまでに取り上げたお悩みへの答えなんかも、送ってもらった以上は答えなくちゃとなんとか試行錯誤《さくご》してみたけれど……やはり前のシリーズまでが本当の意味で自信を持って教えられる全《すべ》てで、今回のシリーズでは話を膨《ふく》らませるために余計なことをたくさん言っちゃったかな、という気もしています」

くみぽんの持ってきたマドレーヌの横に、持参のレーズン入り蒸《む》しパンを並べながらモリナガは言った。

「『読む人のことを考える』や、『キャラクターの自我を意識する』、『一割削《けず》ってみる』など、前のシリーズより具体的な提案が多かったですね」

「そうね。でも実は創作における『教えられる程度の内容』なんてぶっちゃけ大したことなくて、書き続けていれば自然と身に付くものばかりなのよ」

しかしアイミは首を傾《かし》げた。

「京子ちゃんはベテランだからそういう風に言えるけど……」

「うむ。私たちのように右も左もわからないうちは、いくら悩んでもやっぱりわからんぞ。いい答えが見つかれば別だが、悩んでばかりというのも時間がもったいない」

そんな如月へ、ティーカップ片手に京子は言う。

「ええ、そういう人が悩んでばかりのループから一歩抜《ぬ》け出すキッカケのために。それ以外の人は、ただまあなんとなくの暇潰《ひまつぶ》しのために。キャラクターの自我がうまくイメージできないからダメだとか、一割削れないのは何が悪いんだろうとか、そういう捉《とら》え方はしなくても全然大丈夫《だいじょうぶ》。それはただ私が知らないだけで、書き続けるうちにあなただけが見付けられる、あなたの作品を良くする方法は絶対にあります。だから今は細かいことは気にせずに、ポジティブに、前だけを向いて、創作すること自体を楽しみましょう」

頷くくみぽん。

「学校やお仕事、何事もポジティブシンキングが大事でありますよ、皆さん！」

「というわけで最後の質問だよ」

アイミが切り株の上に、フリップを置いた。

『プロットを作ることで完成度があがる……というお話で、たしかにそうだろうな～とは思うのですが。新人賞の選者のお言葉、みたいなのを読むとだいたい、

「まとまってはいるが突《つ》き抜けたものがない」

「合格点とか判定勝ちとか狙《ねら》ったようなのが多い」というような評価が多いんですが、実際のところ、完成度よりも勢いで書いた方が編集者の方の目に止まりやすい、ってなことはあるんでしょうかね？』

「以前に京子先生がお話ししたように、私ども編集部は金の卵を見落とさぬよう目を皿のようにして応募作品を読み込んでいるであります。え〜……」

言葉を選ぶくみぽんに代わり、京子は言った。

「というわけで。最後に新人賞を目指す上での心構えを、私の勝手な所見を元に一席ぶとうと思います」

「いいのか、勝手で」

「あんまりよくはないでありますが……」

心配そうなモリナガとくみぽんを無視して京子は言う。

「この場合の『まとまっている』というのは、構成はよくできているけどストーリーや展開が手堅《てがた》すぎて他《ほか》の作者にはない目新しい何かが足りない……ということね。これにかかる『突き抜けている』というのは、『他の誰にも書けない、その人だけの何か』、という意味です。つまり『まとまっている』は技術的なお話で、『突き抜けている』は感性のお話なわけね」

「ひとくくりにできるものじゃないんだね？」

いつものように出されたピコーを一口するアイミ。

京子は頷いた。

「じゃあ感性……センスって何かというと、これはプロットとか勢いとか関係無しに、作品全体からなんとなく滲《にじ》み出すものなのね。あなたがその作品に対して迷っているようならそれもまた滲み出すし、『この場面が、さ、ささっ、最高なんだよおおおおおッ!!!』って意味の勢いであれば、それが突き抜けた何かに繋《つな》がることは絶対に確実よ。具体的例を挙げると、書いてる最中に自分で『シュール!!』とか思ってコーヒー噴くレベル」

「いちいち誰のことか聞かねえよ」

「まったく恥《は》ずかしい奴《やつ》だな」

「恥ずかしい大人だね」

「大丈夫、私はノーコメントでありますよ☆」

四者四様の言葉を無視して京子は続ける。

「……何が言いたいかというと、完成度というのは『その作品という範囲内《はんい》』での変動値でしかないわけ。そもそもが自分でもイマイチと思っているような作品であれば、いくら勢い任せに書いてもイマイチな作品の範囲を出ることはないの。でも、だからと言ってもちろん、そんな何でもかんでも完璧《かんぺき》な作品が書ける人ばかりじゃないわ」

肩《かた》をすくめて。

「だから、いい？　試験じゃないんだから合格点とか判定勝ちとか、そもそもデビューするとかしないとか気にしない。『私はこれが書きたいから書いた』『俺はこれが面白《おもしろ》いと思うから書いてみた』あとは『借金で首が回らないからとりあえず賞金よこせ』ぐらいのなんか間違《まちが》った勢いで書かれたものが、審査《しんさ》員の言ういわゆる『突き抜けている』作品だと思います」

……。

「なんでドヤ顔してんだよお前」

「いや、個人的には今頃《いまごろ》全レーベルの編集者から拍手喝采《はくしゅかっさい》を受けていると思うんだけど」

「読んでればな」

モリナガにあしらわれた京子は、チラとくみぽんの方を見た。

「読んでてもどうかと思うでありますが京子先生の個人的な見解であり、スニーカー編集部の意図するものではないであります」

舌打ち一つ、京子は続ける。

「まあ確かに応募《おうぼ》する作品というのは、応募するために書くものだし、応募する以上は受賞したいのも当たり前。なぜならプロになるために応募する……それはもちろんなんだけど」

「私も書いてて思ったけど、やっぱりそういうおっきな目標がないと、何百枚も書くのは大変だよ？」

そんなアイミに京子は頷いた。

「そうね。でもプロのライトノベル作家とは何かというと、ただの生産者なの。会社や工場や農林水産の現場で、社会生活をより豊かにするために頑張《がんば》っている人たちと同じです。そして現在私たちがお店で手にする食品や日用雑貨が、使う人のことを第一に考えて企画《きかく》開発生産されているように……読む人のことを考えて書かれた作品は、そうでない作品よりも絶対に良い評価を得られます。なので純粋《じゅんすい》に受賞するためだったら、たかが数人の審査員に狙いを絞《しぼ》ってどう判定勝ちを狙うかより、どうしたらデビュー後に待っている数万人のあなたのファンに喜んでもらえるかを第一に考えた方が、結局は近道だと私は思います」

京子は振り返って言った。

「なんだか難しいなーと思った人。大丈夫。読む人のことを考えるなんて言っても、健康や安全面にまで配慮《はいりょ》しなくていいだけ随分と楽なもんなのよ？」

ずず、と紅茶をすするモリナガ。

「確かに、文庫本に消費期限やリコールはありませんからね」

「スニーカー文庫のように保守的なレーベルであれば、発禁や自主回収もまずないしね。

まあ今でこそそんなことを言っている林先生も、応募するときは『俺天才ｗｗｗｗ編集部どうよこれｗｗｗ俺の書いたやつどうよｗｗｗｗｗ』みたいな自分大好きっ子タイプだったので、デビューしてからそれはもう大変だったそうです」

「わっしょーい！」

笑顔《えがお》でバンザイするアイミはともかく、京子は話を続けた。

「デビューして、創作というものにより時間をかけて向き合っていくほど、天才というものが四方八方にごろごろしていることを痛感するのよね。要は最初から勝ち目のない無理ゲー。だから、『誰かより良いものを』とか、『合格点より↑』みたいな意識がクセになっていると息苦しいと思うわよ。同じデビューを目指すにしても、デビューした後にしても」

蒸しパンを一つ手に取り、如月は言う。

「うむぅ……それまでライバルが『自分と同じような素人《しろうと》』だったのが、デビューした途《と》端《たん》にアニメ化作家なんかと同列のプロになってしまうと考えると、気が重そうだな」

「ね。果たして自分が書いたこの一冊に、あの先生が書いた一冊と同じだけの金銭的価値はあるのか？　とか考え出すと死ぬ」

そこにモリナガ。

「ですが、現時点であなたもナントカも死んでいない……ということは、何か方法や考え方が？」

「前も言ったけど、『この話は自分にしか書けない』『こんな話を書くのは自分くらいなものだろう』という固有結界を張るのよ‼」

バァーン、と結界を張るポーズをした京子へ。

もくもくとマドレーヌを頰張《ほおば》りながら、アイミが的確に意訳した。

「そっか。他の人のことなんか気にしないで、自分が自信のある良い部分だけ見詰《みつ》めればいいんだね」

「そういうこと。林先生はデビュー作の応募時からこの哲学《てつがく》だけで十年生き抜いてきたので、同じタイプの人なら結構な威力《いりょく》のある考え方だと思います。おかげで新作のたびに担当編集者から『うまく当てはまるジャンルがなくてどう宣伝していいかわからない』と言われまくってきたけど（バトルものっぽいのに主人公がヒキコモリでまるで戦わない、戦記ものっぽいけどまったく戦争が起こらない……等）、似たような話であれば自分よりうまく書ける人は絶対にいるのよ。でも『自分だけの作品』『ジャンル：俺（キリッ）』という殻《から》に閉じこもれば、ライバルは自分だけよ！　己《おのれ》に打ち克《か》つとかカッコイイ‼　だから……」

キラキラ目を輝《かがや》かせる京子に、蒸《む》しパンを程《ほど》よく潰《つぶ》しながらモリナガは言った。

「ただのイモヒキじゃねーか。シャバ僧《ぞう》が」

「……モリナガさんはすごい言葉を知っているでありますね」

「それを知っているくみぽんさんも大概《たいがい》よね」

講のまとめ

「我々は内面的戦いを乗り越《こ》えた先にギャラリーを感動をさせるようなアーティストやアスリートや文豪《ぶんごう》ではなく、だから書いた本人が受かるとか落ちるとか人生懸《か》けてるなんていうのは読む人には本当にどうでも良い話で、編集部の作家に対する待遇《たいぐう》なんかも読者さんの知ったこっちゃないということを、プロを目指す人は少し心に留《とど》めておきましょう」

京子はピコーを一口。

「賞金目当てでなく、職業として目指したいと思っているのならなおのこと。ぶっちゃけると電子書籍《しょせき》なんかも普及《ふきゅう》し始めたので、今後は作家業もどんどん稼《かせ》ぎが少なくなっていくと予想されます。だから自分のためじゃなく、読む人のために書く……という意識じゃないと、これからデビューする人たちは続けていくのが苦しいように思います」

「なに。そうなのか？」

再び目を丸くした如月に、京子は頷《うなず》いた。

「現時点でもデビュー直後だと、印税だけで一人暮らしをするのは相当難しいみたいよ。デビュー作がシリーズ化してうまく軌道《きどう》に乗るにしても1～2年はかかるから、その間の印税はアルバイトとかの合間にボーナスが入る、程度の感覚かしら。だから今後は『好きだから続けられる』職業じゃなくて、『好きじゃないと続かない』職業になっていくかもね」

アイミが笑顔で頷いた。

「お金のことを心配しながら書くより、読んだ人が喜んでくれることを想像した方がきっと楽しいよね！」

「ね」

京子は首肯《しゅこう》する。

「それに普通《ふつう》に考えて、自分のためだったらエロゲやったりニコ動見てる方が楽しいでしょ？　お金が欲しいだけなら為替《かわせ》か石油転がせばいいわけだし」

「正論だね！」

「正論だな！」

「珍《めずら》しく正論ですね」

「いやいやいやちょっと間違ってるでありますよ皆《みな》さん⁉　楽しい創作は⁉　脳内麻薬《まやく》はどこへ行ったでありますか⁉」

「あと売れなくなったときに、『だが俺にはこれしか書けないんだ。そうか……つまり俺はもう、この世界に必要とされなくなった……ってことなのか。フッ』とかかっこよく言い訳できるし」

「ただのバカじゃねーか」

モリナガに引っぱたかれる京子へ、如月は言った。

「だが、ヒットすれば別なのだろう？」

「それはもう爆裂《ばくれつ》大ヒットすれば一人バブル景気なんじゃないの？　アニメ化とかされたことないからわかんないけど」

「ならいい」

うむっ、と力強く頷いた如月。

モリナガが眠《ねむ》い目で言った。

「まあ、この如月くらい細かいこと気にしない方が作家に限らず、何をやっても大成すると思いますよ。社会に出て世の中の社長さんなどの話を聞くと、大概そういうバイタリティを持っていますからね」

「なので皆さんも細かいことを気にせず、スニーカー大賞に応募して欲しいであります！」

ビシッ、と二本指で敬礼するくみぽん。

やれやれというように如月が肩をすくめる。

「まあ、ここで京子やくみぽんと会ったのも何かの縁《えん》だ。せっかくだから、私もスニーカー大賞の方に応募するとしよう。アイミはどうする？」

アイミは原稿《げんこう》の入った封筒《ふうとう》を掲《かか》げて言った。

「うん、私も如月ちゃんと同じスニーカー大賞にするよ！　うまくデビューできれば京子ちゃんが先輩《せんぱい》になるから心強いし、**電撃《でんげき》文庫とかよりアレで倍率も低いみたいだし！**」

京子は頷いた。

「それもそうね。ここだけの話、人気他レーベルに応募しても落ちればただの素人だけど、スニーカー大賞に応募して受賞すれば簡単にプロ作家になれるわよッ!!!!」

「えー、あー。ちょっと皆さんに不適切な発言が見受けられるでありますが……」

こめかみを押さえるくみぽん。

モフモフとマドレーヌを食《は》みながら、モリナガは京子へ言った。

「……で、終わりでいいのですか？　何か言い残したことは？」

「ない。アイミと如月が満足したっぽいからこれにて完結です。ここまで読んでくれた方、感想を下さった方、質問を応募してくれた方。長らくのお付き合い、ありがとうございました。『現役《げんえき》プロ美少女ライトノベル作家が教える！　ライトノベルを読むのは楽しいけど、書いてみるともっと楽しいかもよ⁉』はこれで終わるけど、自ら発想し、想像し、形として残す、創作というものが皆さんの人生を多少なりとも豊かにすることを願って……

せーのっ！」

全員で、青空の下、大きく手を振《ふ》った。

「「「「また会う日まで、ごきげんようッ――!!!」」」」

あとがき

映画の待ち時間に、別フロアをうろついていたら服屋のイケメン店員さんに捕《つか》まりました。

「今日は何かお探しですか？」

「えっ……あ。いや……えと……映画の、待ち時間で……すこし……」

「いいですねぇ！　ちなみに何をご覧に？」

「え……、えっ……あぁ……いやまぁ……その…………ま……。まどか☆マギカを……」

取る↓首↓セルフ。

ですがガチオタとしての矜持《きょうじ》は守られました。良い作品は良い。一般《いっぱん》人相手であろうとなんら恥《は》じることなどないのです（発音ではまどかマギカですが心の中では間に自然と☆が入っているものです）。

「そうなんですか、僕も見ましたよまどかマギカ。ここの映画館エヴァンゲリオンもやりましたし……」

こっちが死ぬ思いで正直に切り出したのにさらっと返してきやがりまして近頃《ちかごろ》の一般人はほんとに油断できません。しかしエヴァとか具体的な作品名が出てきた瞬間《しゅんかん》ＡＴフィールドを解除するのがオタというものです。あるある。

　意外とお話は盛り上がりました。

「じゃあこちらにはお仕事の関係で？」

「ええ、まあ、打ち合わせに来たついでにというか」

「打ち合わせですか？　え、ちなみにお仕事は何を……？」

「え？　あ、え～、えっと……」

　墓穴《ぼけつ》というのは掘《ほ》り終わってから墓穴だったと気付くものです。

「その……ラ、ライ……ライターを！　こう、雑誌なんかの！」

「へぇ～、カッコイイじゃないですかぁ!!」


　カッコイイそうですっ!!


　どうも、ライターの林トモアキです。少し前まで『ザ・スニーカー』っていうサブカル系の雑誌でブイブイ言わせてました。

　ブイブイとか言ってる時点でメッキがベロベロですが。

　ともかく「ライトノベル書いてます」、からの「そもそもライトノベルとはなんぞや？」

「あ？　いわんやいてこましたてまつらんぞわれをや」みたいなやりとりが、すごい苦手なんです。どーにか知名度上がってくれませんかね、ラノベ。読んだことないけど聞いたことありますー、くらいに。

ちなみに『劇場版　魔法《まほう》少女まどか☆マギカ［新編］叛逆《はんぎゃく》の物語』はTVシリーズで醸成《じょうせい》された固定概念《がいねん》を順手になぞりつつ逆手にも最大限利用した本当に素晴《すば》らしい作品だったので、「映画は見に行けなかったけどブルーレイで買うよ」というような方は安心して大枚を突《つ》っ込んで頂きたいと思います。

マーケティングというか、いいものは誰《だれ》でも見るべきなんです。

さて『現役プロ美少女ライトノベル作家が教える！　ライトノベルを読むのは楽しいけど、書いてみるともっと楽しいかもよ!?　Ｓｅａｓｏｎ．２　～この物語はフィクションであり、現実の新人賞が取れるわけではありません編～』いかがだったでしょうか。

タイトルといえばイラストを描《か》いてくださった春日歩《かすがあゆむ》さんがサイトの方で「どれが本タイトルなのか……」と困っておられましたが、前述の『』内全部ひとまとめで本タイトルなんですほんとすみません。いま流行《はや》りの２ｃｈスレタイ風に書くと『スニーカーのラノべ講座がひどすぎる』……なんかラノベっぽくないですね。

とにもかくにも春日歩さん、今回もたくさんのイラストをありがとうございました。最終回のイラストが最高すぎてパソコンの壁紙《かべがみ》にしております。みんな可愛《かわい》い。

読者の皆様《みなさま》におかれましても、艦娘《かんむす》たちを入渠《にゅうきょ》させる待ち時間を利用して根気よくお付き合い頂き、誠《まこと》にありがとうございました。

読んだ勢いのままアンケートフォームをポチれる手軽さもあるとは思うのですが、すごいたくさん感想を頂きました（1話につき30通以上）。マスラヲ最終巻でもこんなには頂けなかったですし、文庫にアンケートハガキが付かなくなった昨今、頂いている先生もあんまりいらっしゃらないのではないでしょうか。ネットって素晴らしいですね。無料ならなお素晴らしいですね。

でだ。

作中でモリナガが言っていたとおり、前シリーズの第一稿《こう》を編集部へ渡《わた》した際に「書籍《しょせき》化も視野に入れて」という話を頂いたときは正……ええ、正直ちょっとどうかと思ったのですが、いざ発表してみると実際にそのような声がとても多いことに驚《おどろ》きました。

わざわざネットで無料でしかもフルカラーで公開しているにもかかわらず、本当にそんなものにお金を払《はら》おうというごく一部の奇特《きとく》な方に今一度問います。

買うんだな？

お前ら本っ当に買うんだな？

まどか☆マギカは言えても職業は名乗れない、そんな大人に本当になりたいんだな？

――よろしい、ならば出版だ。

２０１３年12月　林トモアキ

現役プロ美少女ライトノベル作家が教える！

ライトノベルを読むのは楽しいけど、書いてみるともっと楽しいかもよ!?

EX.

～そして人はプロとなり編集部との戦いの火蓋は切って落とされり編～

ラノベは週刊少年誌ほど厳しくないからちょっとくらい締切チギっても大丈夫よ
……。
はーいストップストップでありますそこの先輩作家先生

EX. 第一話

「また会えたねッ☆☆☆」

京子《きようこ》はモリナガにぶん殴《なぐ》られた。

のそのそと起き上がって。

「……えー。まるっとネット上で料金も遠慮《えんりよ》も恥《はじ》も外聞も大人の事情もオールフリーで発表していたにもかかわらず文庫版まで買ってしまうようなアレなあなたへと綴《つづ》る最後の狂詩曲!! 皆《みな》さんこんにちは、ライトノベル妖怪《ようかい》の京子サクリファイスです」

「図書館司書妖怪のモリナガです。これ文庫にして売るとか編集部も編集部だがアンケで希望する読者も頭」

「さすがにもうちょっと言葉を選んで!!」

モリナガは一度咳払《せきばら》いし、言い直した。

「……どの方面からどの文面につっこまれても全く反論できなくて怖《こわ》いから印税分は寄付するそうですね」

「ええ。文庫化に際して林先生が編集長に一番念押しした部分がそこだったそうよ」

「書くなんなもん」

「そんなわけで皆さんがレジの綺麗《きれい》なお姉さんに払ったお金の一部は、株式会社KADOKAWAを通して東日本大震災《だいしんさい》の義援金《ぎえんきん》として寄付されます。重版分も、電子化されたらその分も全部そうなるので、がんがん増刷されるようになるべくたくさん買ってね。あと林先生には一銭も入らないのでクレームその他は全《すべ》て発行を許可したKADOKAWA及《およ》びスニーカー文庫編集部宛《あ》てにお願いします」

「だから無償《むしょう》なら何してもいいと勘違《かんちが》いすんなよお前ら」

講の1　ドレスコードとかはありません。

羅延町《らのべちょう》五番街五から遠く離《はな》れた、東京都心部の某《ぼう》高級ホテル。

そこでは今まさに第○×回スニーカー大賞の授賞式が行われていたのだが、すでにデビューしている黒いセーラー服姿の、艶《つや》やかな黒髪《くろかみ》の少女は関係ないのでロビーのラウンジスペースで紅茶を楽しんでいる。

「作中ではSeason．2の最後から半年ほど月日は流れ、なんとアイミと如月《きさらぎ》が見事スニーカー大賞で受賞しました！」

声を張り上げ握《にぎ》り拳《こぶし》を振《ふ》り上げる京子と、ぱちぱちぱちぱちと拍手《はくしゅ》をするモリナガ。

「なんだかんだで大したものですね、あの二人は」

「教えた先生も良かったのかもしれないわ」

「それは知りませんが」

ダージリンの入ったティーカップを傾《かたむ》けたモリナガは、ムフーと満足げに一息。

「さすが一杯《いっぱい》800円のダージリンは伊達《だて》じゃありません」

「私リプトンとかよく知らないんだけど」

「それ紅茶じゃなくて会社の名前じゃねーのか」

気にせず京子は紅茶を一口。後。

「そんなわけで皆さん、ザ・スニーカーWEBではお世話になりました。今回は書籍化に際しての特別編として、受賞後のことを紹介《しょうかい》してみようと思います！　デビューに関係ないこと満載《まんさい》よ!!」

「今までもほとんど関係なかったでしょう」

とモリナガが言ったところに、くみぽんが現れた。

「お二人ともこちらでありましたか。こんな高級ホテルに取って付けたように女子高生がいると、よく目立つでありますね」

後ろに引率《いんそつ》しているのは、授賞式を終えたアイミと如月の二人だった。

「受賞したよー！　他の人よりおっきなトロフィーもらったけど、大きいから賞状と一緒《いっしょ》に宅配便で送ってもらうことにしたよ」

満面の笑《え》みを浮《う》かべるアイミと一緒に、如月はテーブルに着いて。

「アイミは大賞だったからな。私は優秀《ゆうしゅう》賞だったので、手の平サイズだった」

モリナガはふむふむと頷《うなず》いた。

「授賞式はどんな感じでしたか」

「社長さんから賞状をもらったよ！」

「そうだな。あとは受賞者みんなで記念撮影《さつえい》と……」

そこで京子は高笑った。

「おーっほほほほほほほッ‼　ちなみに林先生の頃《ころ》は〝角川歴彦会長《かどかわつぐひこ》〟直々に賞状の授与《じゅよ》と握手《あくしゅ》をしてもらえたそうよッ‼!」

「それは会長が偉《えら》いんであってお前やナントカが威張《いば》ることじゃないだろう」

如月が呆《あき》れたところで、くみぽんが腕時計《うでどけい》を確認《かくにん》した。

「えー、では皆さん、そろそろ会場が開くと思いますので移動するであります」

「何の会場ですか？」

問いかけるモリナガへ、京子は答えた。

「実はスニーカー大賞の授賞式というのは毎年、『新春感謝会』というパーティーの日と重なっているのよ。ついでというか」

「ついでじゃないであります」

「はい。これが超《ちょう》大きなパーティーなので、いっそついでで良かったと思えるくらいあまりに豪華《ごうか》。何せ最近では招待客だけで800〜1000人超《ちょう》も集まるから、こういう超大きな高級ホテルじゃないとそもそも対応できないという。ちなみにアニメとかコミックのような二次元関係の人たちだけでの集まりです」

行く人並みを眺《なが》めながらモリナガ。

「……ああ。道理でさっきからホテルのグレードに似つかわしくないアキバ系のオタ」

「モリナガさん、そこは一つそのくらいで何卒《なにとぞ》どうぞであります」

「ええ、ドレスコードがないから林先生も思いっきりその中の一員だしね」

さておき。

「でも1000人ってすごいね！　私たちの学校の生徒数と同じくらいだよ！」

「待て、ということは、有名な漫画家《まんがか》やアニメの監督《かんとく》なんかもいたりするのか？」

目を丸くするアイミと目を輝《かがや》かせる如月に、京子は。

「たぶん」

と一言。

「『月刊少年エース』や『月刊ニュータイプ』のスペースと、『スニーカー文庫』のスペースは毎年、超広い会場のほぼ対角線上に位置するので、見かける機会がない。そもそも人が多すぎて誰《だれ》が誰だかワケがわかんない。あ、でも司会進行はその前後に角川系のアニメで活躍《かつやく》した有名声優さんが担当しているわね。やっぱりほとんど見えないけど」

「メディアミックスに強い弊社《へいしゃ》ならではの趣向《しゅこう》でありますね」

くみぽんが自負するように胸を張って一同を案内する。

そして毎年恐《おそ》ろしく渋滞《じゅうたい》するクローク（コートやバッグを預ける場所）の受付部分を通り過ぎ、会場の受付も過ぎて、会場内へ……。


「広〜いっ！」

「だが人が多すぎるぞっ⁉」

「これは……気の弱い人だと具合が悪くなりそうですね」

驚《おどろ》くアイミと如月、うんざりした様子のモリナガへ、京子はグラス片手に言った。

「立食パーティーね。乾杯《かんぱい》の音頭《おんど》が終わったら、自由に料理を取りに行っていいわよ」

「ひええ。お料理取っても、こぼさずに持って帰れる自信がないよ……」

「うむぅ、だがこんな高級ホテルの料理、めったに食べられる機会もないから……」

かんぱーい！


「行くぞアイミ！」

「おお～！」

若人《わこうど》二人がどこが終点かもわからない列に並びに行く。

「京子」

「何かしらモリナガ」

「いやふつー受賞後の話っていったらいわゆるプロになってからの生活や仕事の話であってマジで授賞式当日の流れを説明してどうすんだお前」

「ええ。全くデビューに関係ないでしょ」

「珍《めずら》しく正論を吐《は》きましたね」

さておき、京子は続けた。

「他のレーベルはともかく、スニーカー大賞で受賞すれば一クリエイターとしてこの超大きなパーティーに出席できます。ことさら田舎《いなか》から出てきたりすると、それはもうきらびやかで別世界よね。実力だけでその中の一人になれた……という気分は、きっとその後の自信につながると思います」

京子の言葉にくみぽんが頷いた。

「実はデビューすることよりも、作家を続けていく方がさらに大変だったりするでありますが……アイミさんと如月さんには、今日は存分に受賞の喜びを味わっていただきたいであります」

「林先生も当時の編集長に言われたらしいわね。デビューはゴールじゃなくてスタートライン的なこと」

「まあ高校や大学でも似たようなことはよく言われますが、実際のプロの作家としてはどうなのですか」

モリナガの質問に京子は首をひねった。

「身も蓋《ふた》もない話をすると……確かに書けないときは書けないし、書けたといっても売れるかどうかはまた別だから……まあ運が良ければ続くんじゃない？」

「ほんとに身も蓋もねえな」

取り皿に料理をたんと盛り付けたアイミと如月が戻《もど》ってきた。

「並んでたら意外とすぐに取れたよ」

「二人でいろいろ手分けして持ってきたから、みんなで食べよう」

「あら、ありがとう。実は一時間くらいするとほとんどの料理がなくなっちゃうのがこのパーティーの恐ろしいところよ。どこのホテルとか料理多めに発注したとか関係なく」

「ガチで食いに行くとは遠慮がありませんね、二次元業界。では私も少しつまませてもらいます」

そんなモリナガと一緒に箸《はし》を手に取った京子。

「と、ここまで説明してきてなんだけど、先日聞いた話では角川書店がKADOKAWA（中の人たちの通称《つうしょう》・横文字角川）になって電撃《でんげき》や富士見が一緒になった煽《あお》りを受けて、このパーティーも今後ちょっとどうなるかわからないそうです」

「ええっ……？　なくなっちゃうの!?」

「なんだ、不況《ふきょう》か？　コスト削減《さくげん》か何かか？」

驚くアイミと如月に、くみぽんは言った。

「実は今まではファミ通はファミ通、富士見は富士見、などで個別にこのような催《もよお》しはあったのでありますが、KADOKAWAの一系統に統合されるのであればバラバラに行う必要はあるのか……という議論が持ち上がったでありますね」

「つまりスニーカー文庫はほんとの角川書店直系だから、ニュータイプやエースと一緒の大きなパーティーだったわけだけど……とは言え今度は電撃や富士見ファンタジアやファミ通文庫と一緒のラノベ関係だけのパーティーになる可能性もあるわけで、それはそれで楽しみなので将来の文豪《ぶんごう》たちに夢と希望と交流の場を与《あた》えるためにも、ぜひなんとか感謝会自体は続けていただきたい所存です」

「食べよう如月ちゃん！」

「うむ、食べておこう！」

ぱくぱく。

ふと気づいたようにアイミが尋《たず》ねた。

「くみぽんさんは食べないの？」

「えー、『感謝会』の名のとおり、社員は日頃《ひごろ》お世話になっているクリエイターの皆さんに感謝し、おもてなしをする立場なので飲食は禁止であります」

京子は箸を咥《くわ》えたまま、感じ入るように頷いた。

「毎年のことだけど、見てて偉いなーって思います。さすが社会人よね」

「誰の感想かはともかくそいつも社会人だよな？」

とはモリナガの弁。

講の2　プロにだって無理なことくらい……ある。

「ローストビーフ持ってきたよ！」

アイミがローストビーフを皿一杯に取ってきた横で、京子は一礼。

「そんなわけでネット連載《れんさい》時はたくさんの質問と感想と応援《おうえん》と、本当にありがとうございました。きらびやかに立ち食いするだけというのもなんなので」

「立食パーティーであります」

「まあとにかく大半の人には全く関係ないことついでに、実際の創作活動にはあまり関係のない、純粋《じゅんすい》な好奇心《こうきしん》からの質問なんかも含《ふく》めて紹介《しょうかい》していくわね」

『12時間で90枚（アニメ一話分）をさっさと書けるのがプロだと聞いたことがありまして、やってみたら70枚が限界でした。修正もかなり必要でしたし。

多分、どこかの作品の展開とパクってでも、キャラと設定さえ決まっていたらどうにでもなるんだよ！　みたいなことを言ってたんじゃないかと考えてます。トモアキ先生はどうですか？　何枚ぐらいですか？』

「一番勢いのあった頃（デビュー直後の後先考えずに勢いＯｎｌｙで書いてた頃）の、二日で50枚が限界だったそうです。一日当たり4～5時間換算《かんさん》で」

「全然ダメじゃねーか」

「いいいいいいいやいやいやいや言わせてもらうけど無理よモリナガ!!　無理無理絶対無理だって半日で90枚とか!!　たぶんほんとにアニメの脚本《きゃくほん》とか請《う》け負ってるようなプロ

中のプロの売れっ子作家とかの話じゃないの⁉　でもネタやキャラが定まっていればさくさく書ける、というのは全くそのとおりだと思います。だから前もってプロットという形でそれを固めておくのがベストなんだけど……何にせよラノベ屋は、もっと緩《ゆる》くてふわっとしてればいいです」

くみぽんが左手に三本指、右手に人差し指一本を立てて頷《うなず》いた。

「編集部としては、三ヶ月に長編1本上げていただければ超優良作家の太鼓判《たいこばん》であります。そんな先生の担当になれたら、一人の編集者としてバンザイするレベルでありますよ」

『文庫1冊書くのにどれくらいかかっているのでしょうか？　また、実際に出版されるどれくらい前に書き始めている＆書き終わっているでしょうか？』

「エビチリ持ってきたよ！」

「エビチリもいいけどアイミ、こういう質問」

京子からプリントを見せられて、アイミが残っていたローストビーフを食べながら答えた。

「えーと、私が応募《おうぼ》した作品は一ヶ月くらいでほとんどできちゃったかな？　そのあと応募するまでに、京子ちゃんのお話を聞きながらいろいろ直したけど……如月ちゃんは？」

「私は道場での日々の鍛錬《たんれん》もあったから……それでも形になるまで、三ヶ月くらいだったと思うぞ」

そんなアイミと如月から視線を受けた京子。

「そうね。その人の作風のみならず、ライフスタイルや速筆遅筆《ちひつ》といった要素もあるから一概《いちがい》には言えないけど……たとえば私や林先生なら一ヶ月〜一ヶ月強くらいかしら。それを編集部へ提出して、余裕《よゆう》を持って直したりイラストを描《か》いてもらうのにプラス一ヶ月。そこから制作や製本のような実務的な関係で書店に並ぶまでもう一ヶ月……と考えると、実はさっききくみぽんさんの言った三〜四ヶ月に一本くらいがほぼ最速のサイクルになるのよ」

モリナガがパスタを箸で巻き取りながら頷いた。

「確かに、書店で三ヶ月ごとに新刊を見かけるような作品や作家であれば、かなりの勢いを感じられますね」

「でしょ？　読者さんが忘れる前に次が出る……というのはビジネスとして見た場合にも重要なファクターなのよね。でなければ、半年や一年経《た》っても忘れられないほどインパクトのある作品であることが好ましいけど……まあ、なかなか難しいわね」

『私もライトノベル作家を目指している者の端《はし》くれで、この講座を拝見して肩《かた》の力を抜《ぬ》い

て創作に挑《いど》める気持ちになれたので非常に京子先生には助けられています。
もし、よろしければ京子先生に執筆《しっぴつ》中に気持ちが落ち込んで筆が止まってしまった時の対処法などを教えていただければうれしいです。』

「止まったものは仕方ないので何もしません。動くようになるまでの時間がもったいないので、ネタ探しのためにゲームやったりアニメ見たりマンガ読んだりして英気を養いましょう」

モリナガ曰《いわ》く。

「ネタ探しと称《しょう》して体《てい》よく遊んでるだけではないのですね？」

「……付加疑問文で確認《かくにん》されるとちょっと弱い」

『話を書こうとすると書きたいシーンは書けるのですが、そのシーンに至るまでを描くのはしんどいです。
小説を書く時のモチベーションの上げ方とか、先生流の息抜《いきぬ》きといった小説を最後まで書き続けるコツが知りたいです。あるいは、読みやすいアクションシーンの書き方ですとか。』

ずずずとオレンジジュースをすすった京子。

「ほんっっっっっっっっっっとにしんどいわよね。クライマックスだけ思い付いているときの出だしからそこまでのつなぎの部分とか」

「それもう全部じゃねーのか」

モリナガの言葉はさておき、アイミが首を傾《かし》げた。

「でも超《ちょう》スキマ法を使うと、そんな風にスカスカになっちゃうよね？」

如月が相槌《あいづち》を打つ。

「前もそのような質問はもらったな。実際、プロの京子なんかはどうしてるんだ？」

「力尽《ちからず》くで埋《う》める」

イラッ、としたように如月が続けた。

「じゃあほんとに最後のクライマックスの部分しか思い付いてないような場合でもとにかく力尽くで埋めるんだな⁉」

「それがね如月、趣味《しゅみ》のうちはいいけどプロになって立ち上げたシリーズに勢いが付いちゃったりすると何も思い付かなくても編集部と読者さんからお世辞とか悪意抜きで『おかわり！　次！　は〜や〜く〜次〜‼』みたいに期待されるからそりゃあもうネタがなくても次を書かなくちゃいけないわけで意外とほんとに無理矢理《むりやり》とか力尽くで埋めるしかないのが笑えないわよね。あはは」

目の光と焦点《しょうてん》を失った京子が人形のように笑い出す。その頭を古い機械を直すがごとくペシペシ叩《たた》きながら、モリナガは言った。

「妖怪《ようかい》がこうも容易《たやす》く壊《こわ》れるほどのプレッシャー、人間の作家であればいかほどか……。過去に文豪と呼ばれたような天才たちですら、体をぶっ壊したりするわけですね」

「じゃあじゃあ京子ちゃん、そういう、どうしても書かなくちゃいけないときのモチベーションの上げ方は？　って書いてあるよ」

アイミの声で、京子は少し表情を取り戻《もど》す。

「そうね。『いいものを見る』。好きなものを見る。新しいものを探すんじゃなくて……もう見たことのある、もう持っている大好きな作品を改めて体験すると、以前にその作品からインスピレーションを得たときの新鮮《しんせん》な気持ちが蘇《よみがえ》ってきたりしてオススメよ。知っている作品だから、レンタルビデオ屋を徘徊《はいかい》するより確実かつ即効性《そっこうせい》があるしね」

如月が腰《こし》に手を当てた姿で、質問の書かれた紙を見る。

「じゃあ最後の、『読みやすいアクションシーン』についてはどうだ？　これは私も知っておきたい気がするんだが」

「個人的に気を付けているのは、『右』『左』を使わないこと」

「ええと？　どういうこと？」

右に首を傾げるアイミ。

「となった場合、それはアイミにとって右なのか、それとも向かい合っている私たちから見て右なのか……イメージするの、めんどくさくない？　まあそういう描写《びょうしゃ》の厳密性がトリックの一部に関《かか》わるような推理小説や、頭脳戦なバトルシーンとかなら別だけど、私の場合はめんどくさい割りに話の面白《おもしろ》さに全く影響《えいきょう》しないので……読みやすくというよりは読みにくくならないように、なるべく使わないようにしています」

右から超音速《ちょうおんそく》で飛んできたうえぽんを、京子は左手に召喚《しょうかん》した講談社ラノベ文庫で叩き落とした。反対側から斬《き》りかかろうとした如月の刀を蹴《け》り上げたうえぽんで逸《そ》らし、モリナガの投げた図書カードを左手に持ったままの文庫本のページの間に白刃取りする。

「お……おおおおおおおっ!!　すごいよ京子ちゃん!!　なんかすごいカッコイイよ!!!」

「でも右か左かなんて全くどうでもいい」

拍手《はくしゅ》するアイミに向かって、京子はぼむぼむとうえぽんでドリブルしながら言った。

「というか、なぜ私はいま三人から同時に殺されかけたのかしら」

パーティーの出し物と勘違《かんちが》いした周囲の招待客が、アイミにつられて拍手をしていた。

講のまとめ

「デザート持ってきたよ！」

「アイミはよく食べるわね……」

呟《つぶや》く京子の横で、モリナガが気付いたように。

「如月はあまり食べませんね」

「いや、こういう場所の料理は脂《あぶら》っこいものが多いようで、ちょっと困る。白米に漬《つ》け物なら、いつもどんぶりで食べているんだが」

ほうほう、とモリナガ。

「見た目どおりの和食党ですか。私も甘党なので、おしるこは基本どんぶりですね」

「それは如月とは何か違《ちが》う気がするんだけど……」

京子は冷や汗《あせ》を一滴《ひとしずく》してから、まとめに入る。

「授賞式の日、女の子はせっかくなのでおめかししていきましょう。パーティーになれば盛装している女性も見かけるし、そもそも人が多すぎて誰《だれ》も見たりする余裕がなかったりするので、好きなようにオシャレしていきましょう。大きなホテルなら、もちろん現地でも着替《きが》えられるわよ」

京子の言葉に、モリナガは返した。

「男子の場合はどうするのですか」

「社会人はスーツ、学生さんは……学校の制服でもいいと思います」

「授賞式もパーティーも気取ったものではないので、新卒用のリクルートスーツでも充《じゅう》分《ぶん》ＯＫでありますよ」

くみぽんの言葉に京子は首肯《しゅこう》。

「ちなみに授賞式までの新人だらけの待ち合い室は、おめでたいはずなのに会社の面接会みたいな空気でいま思うと結構笑えます。せっかくの同期なんだし、他《ほか》の受賞者に積極的に話しかけてみるのもいいかもね」

「それができないから家にこもって小説なんか書いている、という向きもあるのでは」

そんなモリナガへ京子は憤然《ふんぜん》と何か言おうとしたものの、結局これといった反論が思い浮《う》かばず話題を切り替《か》えた。

「執筆の手が止まったときや、アイデアがうまく思い浮かばないときは、気分を切り替えて遊んでみましょう。学生さんや会社員であれば、勉強や仕事といった本業自体が頭を切り換《か》えるとても良いアクセントになります。それと最初のうちは『日に何枚』というクッキリした見方よりは、『今週はこの場面を完成させよう』くらいの方が、気持ち的にもゆとりを持てていい気がします。最初にした『距離感《きょりかん》』の話の延長線上で、この辺も何回か書いていくうちに自然と自分のペースが見えてくると思うけどね」

「だからたくさん書ける先生は三ヶ月に一本くらいでは収まらずに、いろんなレーベルで掛《か》け持ちされたりするでありますね」

如月が生寿司《なまずし》に醤油《しょうゆ》を一滴。

「プロと言えば締《し》め切《き》りに追われるとか、原稿《げんこう》を落とすとかいう話も聞くが、そういうのはどれくらいのところが分かれ目なんだ？」

「私はさすがに落としたことはないけど、ラノベの場合、店頭に並ぶ半月前くらいまではまあやりくりできるみたいよ」

くみぽんが苦笑《くしょう》する。

「厳密には半月前には見本がもう出ているでありますので、できるとしたら微細《びさい》な修正だけでありますね。その段階からの刊行延期となると編集長とか会社の偉《えら》い人とか営業の人間とかいろいろな人が書店さんにスライディング土下座することになるでありますので……完全に落とす、即《すなわ》ち刊行延期のジャッジは本が並ぶ一ヶ月半前がリミットと思っていただければ」

京子はふと思った。

「要するに土下座しまくれば発売日延《の》びるのね」

「延びないから土下座するって言ってるんですよ‼　私何かおかしなこと言いましたか!!?　言ってませんよね!!!?」

くみぽんがキャラ付け口調を忘れ始めたので、京子は後ずさりしながら素直《すなお》に頷《うなず》く。

「ま、まあどうしても間に合わない場合、無理なときは無理とはっきり言えるのもプロとして大事なことね」

「そうでありますね。マンガみたいに3分で原稿全部に目を通すなんてことはできないでありますし、校正などの作業量的にも早めに伝えていただけると、編集部としてサポートできることもあるであります」

ふむ、と京子は一息。

「くみぽんさん、実は次の原稿なんだけどね」

「私は京子先生のことを信じているでありますよ☆」

「ミニケーキおいしい♪」

「では私もティラミスをいただきます」

「私はフルーツをもらおう」

そしてめくるめく宴《うたげ》の夜は更《ふ》けていく……。

EX. 第二話

羅延町《らのべちょう》五番街五。

普段《ふだん》は誰も近付かない、深く静かな森の奥に、古風な洋館が一軒《けん》。

今日も今日とてその一室で、黒いセーラー服姿の、艶《つや》やかな黒髪《くろかみ》の少女が佇《たたず》んでいる。

「こんにちは、京子《きょうこ》サクリファイスです。実はネットでの連載《れんさい》開始直後、アンケートフォームにこんなのを頂きました」

『2012/6/26 16:24　女性　東京都10歳～14歳
林先生！　いつも大ファンです★　出てくるアニメのタイトルが中年入り口の匂《にお》いがプンプンしてたまりませんでしたっ★　これからもがんばってくださいね★
ポニーテールと白いソックスが似合う中学2年生（女子）伝説乃《の》X美』

「イイ歳《とし》こいた二児のパパがなに勤務時間中にJC白ソポニテとかふざけたこと書いて寄

こしてんだ泣く子も黙《だま》る某《ぼう》ダンシャの社員なんだからもっと真面目《まじめ》に仕事してくださいほんとお願いします昔北海道でリアル○○麻雀《マージャン》やったこととかガンダムカードビルダーフルコンプするのに○十万円溶《と》かしたこととか奥様に告げ口するぞこの野郎《やろう》」

「……開幕から何をキレてるのですか」

「あ、モリナガ。いや、私じゃなくて林先生が」

「そいつもうどっかに埋《う》めとけよ。で、その下らない成りすましアンケートを書いて寄こしたもう一人のダメな大人は何ですか」

「林先生の最初の担当さん」

「……」

「……」

講の1　出版される、その前に。

めくるめく夢のような授賞式の日から、また少し時間は流れて……引き戻される、日常。訪《おとず》れる、現実。

羅延町にある京子の家。

「では実際、デビュー作の出版はいつになるのかしら？　実はこれは諸々《もろもろ》の都合によって大きく前後するわね」

いつものように茶飲み話に来ていたモリナガが、持参したリプトンのティーバッグを浸《ひた》しながら言う。

「都合ですか。たとえば？」

「非常に完成度の高い大賞、金賞クラスの作品なんかだと、ほとんど手直しする必要がないから授賞式当日には発売されていることもあるわね。イラストレーターさんの選定も含《ふく》めて、早ければ4ヶ月くらい？　あと、直す部分が多くてもその作業が早かった場合は、そうなるかしら」

「実務的な時間の都合ですね。他にも？」

「佳作《かさく》や奨励賞《しょうれい》みたいな場合だと応募《おうぼ》作そのものは温存したり叩《たた》き台にしたりして、実際に発売するデビュー作は編集部と一から詰《つ》めた作品……ということも多いみたいね。案外そういう作品の方がアニメ化されたり、結果、作家として長生きしたり……世の中いろいろよね」

したり顔でモリナガは言った。

「プロで10年以上やっててもアニメ化されない人間もいるみたいですね」

「ええそうよ。でもそれが普通《ふつう》。普通であるべき。なんでもかんでもアニメ化しすぎ。本数多すぎて追いかけるのが大変なアニメファンの身にもなって！　あと、妬《ねた》ましくなんて全っ然ないんだからねっ!!」

「誰もお前の心境なんて聞いてねえよ。悪かったよ」

「最近のきらら系アニメの安定感は異常よね」

「アニメじゃなくてラノベの話をするんだろ」

「いたいいたいいたいいごめんなさいごめんなさいごめんなさい」

京子のほっぺたをぎゅうぎゅう引っ張るモリナガ。

そんないつもの応接室ではあったが……ふと視線を移せば、テーブルにはアイミと如月《きさらぎ》もいた。特に如月の方は涙目《なみだめ》になりながら、赤ボールペンを片手にコピー用紙の束に何やら書き込んでいる。

モリナガはそんな二人のもとにも淹《い》れたてのリプトン・ストレートティーを届けながら、首を傾《かし》げた。

「……如月は何を書いているのですか？」

「え？　ああ、うむ……。これは出版するための最終工程で、『著者校』というものだそうだ。『校正』の人がチェックした、誤字や脱字《だつじ》や言い回しの間違《まちが》いがこの『ゲラ刷り』の中にことごとくピックアップされていて……胃が痛い」

そこに京子が付け加える。

「『ゲラ刷り』というのは実際の文庫ではどのように見えるか、というレイアウトをコピー紙に印刷した試し刷《ため》りみたいなものね。改行の間違いなんかは一目瞭然《いちもくりようぜん》として、日頃《ひごろ》当たり前だと思っていた言葉遣《ことばづか》いや言い間違いがストレートに何十個も指摘《してき》されているとセルフで『バカ』を証明してるみたいでむちゃくちゃストレスが溜《た》まります。しかも間違って書いたのは確かに自分だから、ぐうの音も出ないほど顔真っ赤」

「たとえば」

モリナガが尋《たず》ねるので、京子はホワイトボードに書いてみせた。

「『的を得る』……、みたいな」

「ああ。正しくは『的を射る』、ですね」

「校正さんに鉛筆《えんぴつ》で『正確には的を射る、ですが？（念のため）』みたいにすごい丁寧《ていねい》に手書きされてて、手書きだとその向こう側にいる人の気持ちや温《ぬく》もりが伝わるようなことを毎年年賀状の季節に郵便局が言ってる気がするけどそれってつまり生身の人間がそのゲラ刷りの向こう側で所詮《しょせん》ラノベだよな文筆業のくせにこいつ正しいＮＩＨＯＮＧＯ知らねえのかよとかきっと鼻で笑」

「落ち着け」

モリナガに頬《ほお》を叩かれ、幾分《いくぶん》正気を取り戻《もど》した京子は真顔で言った。

「あと渾身《こんしん》のギャグをぐるっぐるに丸で囲って、〝意味不明〟って書き殴《なぐ》られていたことがあった（かなりの筆圧で）」

「……」

「私じゃなくて林先生がね」

「……」

「きっとハイセンスすぎたのね」

「誰《だれ》も聞いてねえよ」

「直しと著者校がなかったら、作家業はあと三倍は楽しいと思います」

「そうですか」

著者が行う校正なので、著者校。

避《さ》けては通れぬ茨《いばら》の道を歩む如月から視線を移したモリナガは、次にアイミの方を覗《のぞ》いてみた。

「……アイミは何を書いているのですか。随分《ずいぶん》と悩《なや》んでいるようですが」

「うう……。こう、作者としてのご挨拶《あいさつ》、みたいな感じで……著者プロフっていうのと、後書きと……何書けばいいのか、わかんないよぅ……」

得心したようにモリナガは頷いた。

「ああ、なるほど。人によっては、そういうリアルな言葉の方が苦手かもしれませんね」

モリナガの淹れてくれた紅茶片手に、京子は補足する。

「ちなみに、プロフ（プロフィール）っていうのは、スニーカー文庫で言えばカバーを折ってある部分（カバー袖《そで》）に書いてあるやつのことね。レーベルや作家さんによってはただの略歴だったり、逆に挨拶文だけだったり、そもそもなかったりもするけどね。スニーカー文庫は割と自由に書かせてくれます。よそは知らん」

「そうですか。後書きはまあ後書きですね」

「著者がその日、その時、その瞬間《しゅんかん》に感じている思いの丈《たけ》を思う存分ぶちまけるための、そういう無法地帯のことね」

「作品でぶちまけないのですか？」

「だって何書いてもいいのよッ!?」

「よくないでありますッ!!」

急降下なキックの姿勢でくみぽんが窓から飛び込んできた。

「よくないのであります、京子先生」

「ごめんなさい。あと一流企業《きぎょう》の正社員なんですからチャイムを鳴らして玄関《げんかん》から入ってきてください。窓ガラス割らないで」

「フィクションであります☆　さて、金の卵たちの作業の進捗《しんちょく》具合はいかがでありますか……？」

各々《おのおの》の作業から顔を上げたアイミと如月が、あうあうあうあうと涙目になっている。

「締《し》め切りは守るためにあるであります♪」

そんな初々《ういうい》しくも微笑《ほほえ》ましいやりとりを眺《なが》めながら、京子は言った。

「先輩《せんぱい》として言わせてもらうけど、ラノベは週刊少年誌ほど厳しくないからちょっとくらいチギっても大丈夫《だいじょうぶ》よ」

「はーいストーップ。ストップでありますそこの先輩作家先生。新人に対する教育上不適切で非衛生な発言は慎《つつし》んで欲しいであります」

「まあ雑誌連載みたいに大勢が関《かか》わるものは、他《ほか》の先生にまで迷惑《めいわく》がかかるから別だけどね。スニーカーは本誌がなくなったし、自分の本の締め切りを自分でチギってもお金が入ってこないのは自分の自由であって誰の迷惑にもならな」

「超《ちょう》！　メイワクであります!!　主に!!!　私と!!!　制作部と!!!!　編集部がッ!!!!!」

くみぽんがボムボムと叩き付ける白くて丸っこい何かを文庫のカドで防ぎつつ、京子は続けた。

「はい、すみません。まあ編集部はともかくパートナーであるイラストレーターさんに迷惑がかかったりするので、頑張《がんば》りましょう」

「『はぁ～い……！』」

アイミと如月は涙目になりながらも、気丈《きじょう》に返事をした。

講の2　このように作るのだ！

「さあ新人たちに負けないように、京子先生も真面目にお仕事するでありますよ」

テーブルに着いたくみぽんは、ＯＡカバンからファイルやタブレット端末《たんまつ》を取り出した。

「これは何ですか？」

問いかけるモリナガへ、くみぽんはファイルの中身を広げながら答えた。

「いわゆる『打ち合わせ』、というものでありますね。いい機会なのでスニーカー編集部とその誇《ほこ》るべき作家陣《じん》が日々いかにして協力し合い、作品作りに邁進《まいしん》しているかを、ここでご紹介《しょうかい》するであります☆」

ほー……と頷《うなず》いたモリナガが京子を振《ふ》り返る。

「……大丈夫ですか？」

「どうしてそんな目で私に聞くの？」

京子は咳払《せきばら》い一つ。

「ある程度人気が安定してくるとこうして家まで来てくれたりもするんだけど、大抵《たいてい》は領収書で軽食くらいまではおごってくれるので、素直《すなお》に駅なんかで待ち合わせてから最寄《もよ》りの喫茶店《きっさてん》やファミレスに向かいましょう。今回はそういった打ち合わせ風景の一例として、ここを喫茶店のつもりでやっていくことにします」

京子がチリリン、とテーブルベルを鳴らすと、アイミと如月の制服がメイド服に早変わりした。

「おおお⁉　変身したよ、京子ちゃん！」

やたら笑顔《えがお》になったアイミ。

「い、いったいなんの真似《まね》だこれは⁉」

如月の方は頬を赤らめ、恥《は》ずかし紛《まぎ》れに怒《おこ》り出す。

「まあまあ、あなたたちは私の弟子《でし》なんだから。師匠《ししょう》のわがままを聞くと思ってお茶を淹れてきてちょうだい。打ち合わせの様子を見学させてあげるから」

「はーい！　京子ちゃん先生！」

「全く、なんで私がこんなことを……」

ぶつぶつ言いながらも、小道具のステンレス製トレイを手に立ち上がる如月。アイミがルンルンとその場で一回転。ふわりとスカートを広げてみせる。

「でもなんだか学校の文化祭みたいで楽しいね！　ほらほら如月ちゃん、スカートが長いからすっごい広がるよ！　たのしー、たのしー！」

アイミが笑いながらその場でぐるんぐるん回っている。

回りながら部屋を出て行った。

「……あ、目が回」


ごんっ!

どだだだだんっ‼


「ちょっアイミ⁉　大丈夫かアイミ……⁉」

二人が出て行ったドアを見詰《みつ》めたまま、モリナガが冷や汗《あせ》一つ。

「階段から転げ落ちたぞ」

「あ、ワンピースは黒、ヴィクトリア朝時代のくるぶしまであるフルレングスでお願いします」

「京子先生、本編中にイラストを指定しないでください」

真顔で告げる京子を、くみぽんはお世辞抜《ぬ》きの真顔でたしなめた。

思い出したようにモリナガが頷く。

「……ああ。つまり前のシーズンで意味もなく海に行ったようなあれですか。だったら温泉などでも良かったのではありませんか」

「いいでありますねぇ！　京子先生だったら国内の取材旅行くらい、編集部で経費を持つでありますよ？　都会の喧噪《けんそう》を離《はな》れて蔵王《ざおう》とか別府《べっぷ》とか、私も行ってみたいであります♪」

「全裸《ぜんら》だったらメイド服の方がいいわ」

……。

「だってどうせタオルとか湯気とか謎《なぞ》の光で隠《かく》れちゃうんでしょ？」

「どうして先生は当たり前のことをいちいち確認《かくにん》するんですか？」

真顔で詰問《きつもん》する京子に、くみぽんもまたシリアスな真顔で答えた。

足音が一つ戻ってきて、たんこぶをこさえたアイミがドアから顔を覗かせる。

「ご主人様お客様！　お紅茶でございますよ！」

次いで如月がお茶《ちゃ》請《う》けにタマゴボーロを持ってきた。

「別にお前たち妖怪《ようかい》のためじゃないぞ。アイミが楽しそうだから、付き合っているだけで……」

それを見たくみぽんが鼻血を押さえる。

「予算さえ付くなら編集部の備品というかいっそ私物として持ち帰りたいところでありますねぇ……」

京子がパチンと指を鳴らすと、京子とモリナガの服がアイミたちと同じメイド服に早変わりした。

「私もかよ」

「さあ締め切り延《の》」

「びないであります☆」

大きめの声で被《かぶ》せたくみぽんは、紅茶を一口。手帳とファイルを広げ、iPadを起動する。

「飲み物も来たところで打ち合わせを始めるでありますが、では現在取りかかっている作品は期限どおりに上げていただくということでよろしいでありますね」

「できないから延ばせせっつってんのよ。わかる？」

「京子先生ならきっと大丈夫であります☆」

「はい」

「次に先頃《さきごろ》いただいたこちらの新シリーズについてですが、京子先生の感触《かんしょく》としてはいけそうでありますか？」

「うーん、正直まだ書いてみないとわかんない部分が多いかしら」

「では京子先生の中でアイデアをまとめていただく意味でも、一応、企画《きかく》会議を通すために3巻くらいまでの簡単なあらすじをいただきたいのでありますが」

「別にくみぽんさんの方で『わたしのよみたいさいきょうのらいとのべる！』みたいな方

向でっち上げてもらえるならそれでいいわよ」

「わかりました。……えー、では最後にスケジュールでありますね。編集部としては今後、このような形で京子先生の作品を展開して行けたらと思うでありますが、いかがでありますか？」

「ごめん、目の前の締め切りがアレ過ぎてそんな先のこととかよくわかんないのでお任せします」

ぱたん。

くみぽんがファイルと手帳を閉じた。

「ではご飯を食べに行くであります！」

「おー！」

気勢を上げる、京子とくみぽん。

「……とまあ、大雑把《おおざっぱ》にはこんな感じでありますね」

見ていたモリナガは、納得《なっとく》したように頷いた。

「ああ。あまりに簡単に終わったので驚《おどろ》きましたが、あくまで打ち合わせ風景の紹介用のやりとりなわけですね」

「「あ……。はい」」

……。

「実際そういう作家がいるとかいう話ではなく」

「──もちろんです」

……。

「待ってモリナガ！　林先生は立派な」

「やっぱそいつじゃねーか」

京子ははたき倒《たお》された。

講のまとめ

「膝《ひざ》が見えるようなスカートを穿《は》いてるのはメイドじゃなくてウェイトレスよ」

ズガン、と蔵書検索《けんさく》用のモニターが異次元から降ってきて京子の頭に直撃《ちょくげき》した。

「他に何かないのですか」

昏倒《こんとう》した京子を見下ろしながら如月が首をひねる。

「だが、よく考えたらプロの仕事なんて大半の人にとって覚えても意味のないものだし、まとめる要素もないんじゃないか？　アイミはどうだ？」

「ひらひらして楽しかった！」

打ち合わせ用アイテムをバッグに片付けたくみぽんが、紅茶を飲み干して席を立つ。

「ごちそうさまであります！　では私は社の方に戻《もど》りますので京子先生、アイミさんと如月さんも、お仕事の方よろしくお願いするであります！」

二本指で敬礼して出て行った。

京子はむくりと起き上がる。

「編集者といえば、よそのレーベルで書きたいなーってほのめかすと『いいえ先生の原稿《げんこう》は全部私のものなんですっ‼　誰《だれ》がよその編集部にくれてやるものですかぁっ‼』みたいに言ってくれたりするので、あんまりいじめないであげましょう」

「お前が言うのかよ」

「売れてないと『それも勉強のためにいいかもね』みたいにスルーされて切なくなるので、レーベル内での自分のポジションを確認するのにいいかもしれません」

少し離れたところで如月はアイミに耳打ちした。

「……やっぱり、あんまり京子の言うことを後輩《こうはい》として真に受けるのは良くなさそうだな……」

「京子ちゃん、お茶目《ちゃめ》さんだからね……といったところで、今回はおしまい！　次でほんとの最終回だよ！」

アイミがひらひら手を振《ふ》った。

EX. 最終回

羅延町《らのべちょう》五番街五。

普段《ふだん》は誰も近付かない、深く静かな森の奥に、古風な洋館が一軒《けん》。

ぽかぽかうららかな春の日差しの下、黒いセーラー服姿の、艶《つや》やかな黒髪《くろかみ》の少女がパソコンの前で怒《いか》りに燃えていた。

『唖然《あぜん》！　10年経《た》ってもブラインドタッチができないライトノベライターがいた⁉』

「……ひどい！　なんて悪意に満ちた捏造《ねつぞう》記事ッ……！」

ぽこん、と丸めた雑誌で殴《なぐ》られた。

「ここまで来てどの方向に持って行く気だお前」

「あ、モリナガ。ちょっと聞いてよ！　校正規則を知らなくても、ブラインドタッチができなくてもいい！　純粋《じゅんすい》に読者さんの笑顔だけが生き甲斐《がい》の……そんな不器用なラノベ屋がいてもいいじゃない！」

「よくないからそいつもネタにしてんだろ」

……。

「って捏造じゃねーのかよ」

「ごめんなさい」

「あとライトノベライターって何だ」

「じゃあ逆に聞くけどそもそもラノベ屋って何⁉　ラノベーターーって⁉　ライトノベル作家はこの世に存在してもいいものなの⁉」

「呼び方はともかく、合法か非合法かについての論議は前のシーズンでやったでしょう」

「そういう社会的・法的な問題を抜《ぬ》きに、哲学《てつがく》的・概念《がいねん》的観点からそもそもこの世界に存在してもいい存在なのかという話をしたいのよ」

「できんのか」

「……ごめん、えっとね、まあ最後だしなんかうまいこと言って綺麗《きれい》にまとめて、読者さんからチヤホヤされたいの」

頰《ほお》を赤らめてもじもじする京子《きょうこ》を見ながら、モリナガがめんどくさそうに髪《かみ》を掻《か》く。

くみぽんがアイミと如月《きさらぎ》を引率《いんそつ》してやってきたのはそんなときだった。

「じゃ～ん！　京子ちゃんにいつもお世話になってるから、新人賞の賞金でお昼ご飯買ってきたよ！」

「と言っても、私たちは全額親に預けることにしたからお小遣《こづか》いの範囲《はんい》だけどな」

「なので編集部からは、サイドメニューの差し入れであります」

アイミと如月でお小遣いを出し合ったパーティーバーレルが、どーんと切り株の上に鎮《ちん》座《ざ》ましました。

「昼間からケンタッキーとは豪儀《ごうぎ》ですね」

モリナガがまんざらでもなさそうに唇《くちびる》を舌で湿《しめ》らす。京子は五人分のピコーを並べながら言った。

「そんなわけでいよいよオーラス。みんなでごちそうを食べながら、『職業としてのライトノベル作家』を見てみましょう」

講の1　金、金、金……ラノベ屋として恥ずかしくないのか！

「レッツ・ラノベーティング！　皆《みな》さんこんにちは、京子サクリファイスです」

「今回で終わりだっつってんだろ。なんだそのいかれた挨拶《あいさつ》は」

「いや、テレビの教養講座とかだったらそうなるかなって」

「ねーよ」

京子とモリナガのいつもと変わらぬやりとりを聞きながら、アイミがバーレルの蓋《ふた》をめくった。

「でも、大学の偉《えら》い先生がレッツ・産業化社会と地球環境《かんきょう》科学！　とか言ってたらちょっと楽しいよね」

「……よくわからないが、言わないから偉い先生になれたんじゃないか？」

言いながら、如月が質問のプリントされたコピー紙に目を通した。


『賞金目当てで応募《おうぼ》とありましたが、受賞後の生活はどうなのでしょうか？　作家生命が絶たれない程度にぶっちゃけて貰《もら》えると面白《おもしろ》そうです。』


「さあ答えろ京子」

ふむ、と京子は一息。

「ヒキコモリが無駄《むだ》に金を持った感じかしら」

「最悪じゃねーか」

フライドチキンを手にしたモリナガから呆《あき》れられつつ、京子は続けた。

「まあ探せば具体的な数字を出しているネット情報や本なんかもあると思うんだけど、やっぱり興味津々《きょうみしんしん》という読者さんのために、私なりの知ってる数字を言うわね」

京子はフライドチキンをかじり、ホワイトボードを引っ張ってきたところで言った。

「油がすごい！」

「子供ですか」

モリナガから紙ナプキンを受け取り、チキンの油をよく拭《ふ》いてから、10％、と書く。

「文庫一冊あたりに著者が得られる一般《いっぱん》的な印税の割合が、定価の10％。デビューしたてだと8％くらいのこともあるけど、今はどうなのかしら。でまあこの『印税』というのは、わかりやすく言うと『印刷するときにかかる税金』のようなもので、印刷する段階……つまり書店に並ぶ前に部数の分だけドカンと発生します。いえふー♪」

「ん？　発生……というのはどういうことだ？　発生するだけで、まだ著者のものにはならないお金なのか？」

瞬《まばた》きした如月へ、くみぽんが首を横に振る。

「もちろん確実に著者のお金でありますが、手間がないようにその他《ほか》の原稿料などと合わせて、毎月の決まった日に一斉《いっせい》に振り込まれるであります。会社のお給料と同じでありますね。**それと厳密には印税は『税金』ではなく、『著作権使用料』であります。あと印税率が相場で8〜10％というのは出してもらっても構わないでありますが、印税には『発行印税』と『実売印税』の2種類がありまして、角川書店の場合は『発行印税』ですが、他**

社さんによっては『実売印税』の会社もあります。一口に印税と言っても種類があるので書くならばそこまで丁寧《ていねい》に説明いただけますと幸いであります。そこまで丁寧に説明するのが難しいということであれば、8～10％というかたちで明確な区切りは書かずに『10％が一般的な数字ではあるけど、著者さんの実績とかによっては違《ちが》うこともあるみたいね』くらいにしていただけますと幸いであります」

「ごめんなさい」

平に謝罪する京子を見ながら、モリナガは首を傾《かし》げた。

「……どうした、いきなり」

「いや、いつもの感じで適当に書いてみたらここぞとばかりに編集部がマジレスしてきやがった」

「要するに間違《まちが》っていたのですね」

「ちっ、うっさいわね……。反省してまーす」

モリナガに殴られた。

そして起き上がった。

「まあそうは言っても雑誌、ネット、その他でたびたび見かける、『作家の収入（年収）はいくらくらいか？』という質問。編集部などから決まり切って回答されるのが『人それぞれ』みたいな言い回し。さっきの編集部からの回答もつまりそういうことなんだけど、それしか言わないなら最初からそんな質問取り上げなきゃいいのにっていっつも思うので、めげずにもう少し詳《くわ》しく見てみましょう。せっかくいただいた読者さんからの質問だし、計算自体は簡単だからね。はい如月」

水性ペンを渡《わた》された如月が、京子の隣《となり》に立つ。

「む。えーと、ライトノベル一冊の定価はだいたい600円くらいか？　その10％ということは、一冊に付き60円の取り分が生まれるということでいいんだな」

そこに、チキンを頬《ほお》張《ば》ったアイミが確認《かくにん》のために尋《たず》ねる。

「ふぇもふぃっふぁいいうえああふふぁひゃふて、ふっへほあっははふにあふぁふお金なんだよね？」

でも実際に売れた数じゃなくて、刷ってもらった数にかかるお金なんだよね？

「えー。うん、そう。『発行印税』の場合はそうなるわけね。アイミ、女の子が食べながら喋《しゃべ》るのはあんまりよくないわよ」

「えへへ。ごめんなさい、黙《だま》って食べるね」

もくもく。

「……可愛《かわい》くて巨乳《きょにゅう》なら何をやっても許される二次元って素晴《すば》らしい。あ、なんか最近のラノベのタイトルっぽいわね」

「エロゲじゃねーのか」

「いいじゃないどっちでも。えーとこの部数というのは言うなれば編集部と営業部と制作部とその他偉い人たちなんかが、『この作品であれば現在の市場の傾向《けいこう》や過去のシリーズの反応からして、大体これくらいまで売り切れるだろう』……と協議した結果ということよ」

如月がごくり、と固唾《かたず》を呑《の》んでくみぽんの方を見やる。

「私の作品の場合はどうなんだ!?」

「作家さんのプライベートな情報は、編集部からは口が裂《さ》けても言えないであります。個人情報なので本当に無理なのでありますよ」

そんなくみぽんに代わり、京子は薄笑《うすわら》いで言った。

「売れてる作品は『シリーズ累計《るいけい》〇百万部突破《とっぱ》!!』とか言いまくるのにね。業界基準みたいなものはないけど、優秀《ゆうしゅう》賞くらいのデビュー作だと1万部刷ってもらえるかどうかというレーベルもあるみたいよ」

「ちなみにスニーカー文庫は基本的には最低でも1万6千（特別賞で改稿《かいこう》が非常に多い場合）～2万部の間で刊行していますので、『優秀賞くらいだと2万部～』というかたちで修正していただければと思うでありますⅠ

くみぽんの言葉にモリナガが頷《うなず》いた。

「……ああ。1万部という数字を出したら、そういう回答があったのですね」

「ええ。スニーカー編集部がそう言うならそうなんでしょう……スニーカー文庫の中ではね。でもこの本は別に『スニーカー大賞への道』じゃないから、修正はしません。同じように」

「1話部分でスニーカー大賞の『賞』についてあるのでありますが、現在は『大賞』『優秀賞』『特別賞』の三つになるため、『金賞』というくくりはありません。トルにしていただくか、『昔は金賞があったけど～』というかたちにご調整いただければと思うであります」

「って回答があったんだけど、この本は別にスニーカー大賞の呼び込みではないし、最大手の電撃《でんげき》が金賞という形を用意している以上はそちらが標準だと思うので、別に修正はしません。『奨励《しょうれい》賞』と『佳作《かさく》』みたいな、言い方やニュアンスの違いみたいなのは、レーベルごとにあると思うけどね」

モリナガが頷いた。

「まあ金や銀などの方が、イメージが華々《はなばな》しくていいですね」

「むしろこういう、『思い付いたまま書きたい困った作家』と『書くのはいいけど放置してたらいつも以上に調子こいてしまって困っている編集部』の空気感を楽しんでもらうためにそのまま取り上げてみました」

「……結局、私のデビュー作は何部なんだ？」

ホワイトボードの前で立ちすくむ如月へ、京子は言った。

「まああなたたちは優秀だし、編集部が最低2万って言うんだから2万部以上は余裕《よゆう》なんじゃないかしら」

「2万×60……ふむ、いいじゃないか！　前に言ってた三ヶ月に一本書ければ、月収40万だ！」

アイミが目を丸くした。

「すごい！　家で寝転《ねころ》がってキーボードいじってるだけでそんなにもらえるんだ!?」

「可愛い顔してすごい言い方をしたわねアイミ」

珍《めずら》しく突《つ》っ込みに回った京子へ、モリナガが尋ねた。

「やはりプロになると違うのですか？」

「違わないけど」

すこーん、とモリナガから本の仕切り板をぶつけられた。

「ただ実際には優秀賞でも8千部だってレーベルの話を聞いたこともあるし、『実売印税』だとそれ以前の問題になると思うので鵜呑《うの》みにはしないように。簡単のために、キリのいい近似値《きんじち》を使って計算しているだけよ」

チキンの骨の部分を食べやすく引き裂きながら、モリナガが言う。

「つまり、場合によってはケンタッキーも買えないほど厳しい生活になる可能性もあるわけですね」

「そうね。三ヶ月に一本、というのは安定して売れている人気作品のペースなのよ。いくら作家本人が書けても、編集部や営業部や制作部からこのシリーズは売れない……もっと直接的に残酷《ざんこく》なことを言うと、読者さんから〝いらない〟と判断されたら、いくら原稿《げんこう》を書いても肝心《かんじん》の本にしてもらえないのよね。あと基本的に売り上げは右肩下《みぎかた》がりになるので、二巻目以降は何千部かマイナスで勘定《かんじょう》してね」

チキンの油でべたべたになった指をなめながら、アイミが尋ねた。

「売れない場合はわかったけど、逆にすごい人気が出て売り切れちゃった場合はどうなるの？」

「その場合は『重版』と言って、追加で刷ってもらえるわよ。ライトノベルであれば重版一回に付き2千〜3千部くらいかしら」

くみぽんが補足した。

「重版については最低ロットの組み直しをしているので、3千部〜というふうにしていただければと思います。また現状の書き方だと一回3千部がMAXのように感じられてしまうのですが、作品によっては1万部くらい刷るものもあるので3千部〜としていただければと思うでありますー☆」

「どれだけダメ出しされてんだよお前」

呆《あき》れ返ったようにモリナガが嘆息《たんそく》した。

「今までどれだけいい加減なこと書いてもスルーしてくれたのに、具体的な数字を出した途端《とたん》全部ハネられたわよ」

目のハイライトをなくした京子が続ける。

「と言っても、この回答もたぶん集英社とか小学館とかこのラノとかKAエスマみたいな他社レーベルのことまでは言ってないと思うので、これが業界標準であるみたいに鵜呑みにはしないでね。気になる人は実際にその出版社でデビューして増刷されるくらい売れてみましょう」

「わからないからってものすごい投げ方したなお前。ちょっとくらい他の出版社に取材などしなかったのですか」

「え？」

「は？」

×必要なことは全《すべ》て自分で調査するルポライター、ジャーナリスト、他《ほか》

○必要なことすら編集部に精査させるライトノベライティシズミスト

「お前らは何を名乗りたいんだ」

「話を戻《もど》すと……『発行印税』の場合はもちろんその都度、部数分だけ印税も発生します。ちなみに本の最後の方のページ（奥付）に書いてある、『○版』とか『第○刷』というのは、その本が何回目の重版で刷られた本か、という意味なのね。厳密には刷と版で意味が違うらしいんだけど……」

京子の言葉をひきとり、モリナガが言った。

「版は同じ版型から、刷はその版型で何回目に刷られたか……というような意味合いになるようですね。一番初めのものは『初版』と言って、古い文学作品などではプレミア品としてすごい値段が付いたりします」

「どうせ志すならそういう、後世まで名の残るような立派な作品を書いてみたいものだな」

真面目《まじめ》な顔で言う如月に、くみぽんが笑顔《えがお》で答えた。

「最近はライトノベルから文芸に転向する先生も多いであります！　如月さんやアイミさんの小説だって、国語の教科書に載《の》る可能性はゼロではないでありますよ！」

「チキンおいしい♡」

モリナガがアイミの手元のチキンを見て、その胸元《むなもと》の膨《ふく》らみを見て、油分の行く末に一人納得《なっとく》したように頷いていた。

講の2　実は編集者はすごい。奴ら言わないだけなんだ。

「ところで京子、やっぱり昔のライトノベルは部数ももっと少なかったのか？」

如月の言葉に、モリナガが同調する。

「そうですね。出版不況《ふきょう》が叫《さけ》ばれる昨今にあっても、ライトノベルが気を吐《は》いているような論調を散見します。逆に言えば京子や馬鹿《ばか》がデビューした頃《ころ》は、今より市場も小さかったわけでしょう」

「モリナガ、馬鹿はひどい」

「てめーらがひどいんだよ」

「ごめんなさい。えーと、実は今回のスニーカー編集部からの回答を踏《ふ》まえると、初版の部数自体はあまり変わってないみたいなのよ」

如月が目を丸くした。

「なぜだ。お客さんの数が少なかったくせにずるいじゃないか」

「市場の規模、絶対的な読者さんの数は確かに増えたと思うんだけど、それ以上にレーベルと刊行点数が多くなりすぎたんじゃないかしら。仮に市場規模が3倍になったところで、レーベルの数が5倍、書店に並ぶ毎月の刊行点数が10倍になったら……みんなのお小遣《こづか》いだって限られてるでしょ」

「う……それはそうか」

項垂《うなだ》れる如月を横目に、モリナガが言った。

「明るいのはライトノベルを他の書籍《しょせき》と相対的に比較《ひかく》した場合であって……その中の個々人にとっては、そうでもないのですね」

「シェアを食い合うライバルが多いから出版各社、各レーベルとも限られた読者を取りこぼさないよう必死なのは確かね。ちなみに林先生が優秀賞を取ったデビュー作、初版2万4千部くらい刷ってもらえたそうです。2巻目は2万部、3巻目は1万8千部と右肩下がりに順調に推移してそのままフェードアウト。よくある話ね」

「よ……よくある、のか？　フェードアウトが」

危機感を覚えたような如月に、京子は頷く。

「もしアイミや如月みたいに、デビューしたばかりの若い先生が読んでいたらこの際言っておくけど、編集部や編集者が『打ち切り』とはっきり言うことは、実はなかなかありません」

「そうなんだ？」

ポットパイに穴を開けながら目を丸くしたアイミへ、京子は紅茶片手に言った。

「編集者っていうのは出版社を代表する立場だから、作家という社外の人間に対して失礼なことは絶対言えないし、もし事実を伝える必要がある場合でも、傷付けるような言い方は極力しません。もちろん編集部の方針や編集者の性格にもよるかも知れないけど、デビュー作が発売されてから三ヶ月経《た》っても重版の話が出ないようなら、黙《だま》って次の作品に取りかかりましょう。逆に売れてるときは一ヶ月以内に『好評です！』みたいな話が担当編集者から絶対にあります」

拳《こぶし》を握《にぎ》り締《し》めるくみぽん。

「それはもう、編集者たるもの重版が決定するやその日のうちになるはやで電凸《でんとつ》するでありますよ！　取り急ぎのご報告までであります！」

頷《うなず》き、京子は続ける。

「編集者だって人の子だから自分の手がけた作品が売れれば嬉《うれ》しいし、売れなかったら作家さんやイラストレーターさんの努力を知ってるだけに申し訳ないものなのよ。だったらこっちもプロとして、空気を読んで大人しく身を引きましょう。売ろうとしない編集部が悪いのではなく、売れないものを書いた自分が悪い」

モリナガが頷いた。

「作品を良くするためのダメ出しには容赦《ようしゃ》ない編集者も、読者というユーザーの前では等しく作り手の立場というわけですね」

「ええ。そこでこんなご質問」


『編集者と先生はどんな関係なのですか？　編集者の仕事と作品へどのような影響《えいきょう》を与《あた》えているのか気になります！』


「実際すごいわよ。具体的にどんな形で関《かか》わっているかというと、まず書いてもらう作品についての作家との緊密《きんみつ》なやりとりはもちろん、表紙はどんなデザインがいいか、タイトルロゴはどんな形でどう入れるのがいいか、目次はどんなフォントでどのように並べるのがいいか、どんなイラストを付ければ物語が最も引き立つか、ではその条件に合致《がっち》するイラストレーターさんは誰《だれ》か、口絵（最初にあるカラーイラストの部分）はどの場面をピックアップすれば興味を惹《ひ》きつつネタバレを防げるか、挿絵《さしえ》は何枚でどこに入れるべきか、挿絵に登場させるキャラ数と男女比はどうするか、キャラ紹介《しょうかい》は個別がいいか相関図風にするか、舞台《ぶたい》となる場所の地図は入れるか入れないか……本の内容、作品に関する部分だけで見ても、編集者が携《たずさ》わる部分というのは実はものすごく大きいの」

アイミは驚《おどろ》きにため息をついた。

「ふえぇ～……そっか、くみぽんさんたちは本をカタチにするために必要なこと、全部やらなくちゃいけないんだね」

いやぁそれほどでも……、と、くみぽんと白っぽい丸い何かが一緒《いっしょ》になって謙遜《けんそん》していた。

京子は続ける。

「案外、作家にできるのは『素材』を作ることだけで、それを商品の形に仕立て上げるのは丸ごと編集者の仕事なのよ。本編以上に作品の印象を左右する部分を担《にな》っている、と言っても過言ではないわね。もちろん人気が出てくればポップやポスターなんかの宣伝材料の企画《きかく》と作成、メディアミックスが始まったらコミック編集部やアニメ制作スタジオのプロデューサーとの折衝《せっしょう》等々……そういうのも全部、編集者の仕事になるのよ。出版社の人たちはよく『コンテンツを育てる』、という言い方をするんだけど、全くもってそのとおりの手間と時間を費《つい》やすわけね」

「だがそうやって手塩にかけた作品について、他でもない読者からNOを突《つ》き付けられたら……それは辛《つら》いし、作者に対して申し訳なく思うのもやむなしだろうな」

如月の真摯《しんし》な言葉に、くみぽんが微笑《ほほえ》んだ。

「ですがそうして世に出た作品が読者の皆《みな》さんに喜ばれ、良い本になったとクリエイターさんにも喜んでもらえたときの喜びは筆舌《ひつぜつ》に尽《つ》くし難《がた》いでありますから、本当にやりがいのある仕事でありますよ。そして編集部としては飽《あ》くまでも『書いていただいている』側でありますので、京子先生などがたまに冗談《じょうだん》で言うように、クリエイターさんをバッサリ切り捨てるようなことはないであります」

「そうね。どこの編集部であっても、基本的にそのスタンスは変わらないはずよ。でも作家は作家で出版社の下請《したう》け工場みたいなものだから、やっぱり『書かせていただいている』立場なのよね。そうしてお互《たが》いが立場をわきまえ、相手を尊重し合うことができれば……次により良い作品を生み出すために、辛抱《しんぼう》強く協力し合っていけると思うわ」

「そっかぁ。小説を書いてるときは一人でも、それを本の形にして大勢の読者さんに届けるのは自分の力だけでは無理だもんね。協力や信頼《しんらい》関係が大事なのは、作家も同じなんだね」

笑顔のアイミに、京子は頷いた。

「まー気に入らないときはどうしたって気に入らないんだけど、いい大人なんだからちょっとくらいのことは笑って済ませるようにしましょう」

「京子先生、最後くらいはいい話のままで終わって欲しかったであります……」

講のまとめ……………………

「デビュー後一年くらいは自分の作品や、自分の作家としてのあり方を模索《もさく》するのに手一《てい》杯《ばい》で周りのことなんか見てる余裕《よゆう》がなくなっちゃうけど、編集者が頑張《がんば》って作品を育ててくれるおかげで印税という大きなお金を手にすることができる……という事実は忘れずにね」

モリナガが首肯《しゅこう》。

「綺麗《きれい》なまとめですね。珍《めずら》しく」

「まあこれで最後だからね。ついでにプロデビューした人へのアドバイスとしては……新作を立ち上げるとき、いちいちプロットとか企画書《きかくしょ》を作ってプレゼンする暇《ひま》があったら、こっそり書いた完成品をいきなりぶん投げてやる方が手っ取り早くて簡単よ。それもめんどかったら冒頭《ぼうとう》50枚くらいでも、やつらは最後まで読みます」

「読むであります」

くみぽんの横、アイミが首を傾《かし》げる。

「でも京子ちゃん、たとえば完成品……300枚くらい書いて、丸ごとダメだったらどうするの？」

「次を書く」

そこで如月も首を傾げる。

「いや……だが当然、お金にはならないんだよな？」

「ならないわ。けど、いちいち新人賞を待たなくても、その週のうちに全《すべ》ての箇所《かしょ》についての選評を好きなだけ聞き出せるのよ」

アイミと如月が、ぽん、と同じタイミングで手を打った。

「ね？　ある意味、プロと素人《しろうと》の環境《かんきょう》の違《ちが》いはそこでしかないの。仕事だから嫌《いや》でも書く。嫌でも編集者からあれこれダメ出しされる。だから上達する。当たり前のことなのよ。売れないから、お金になるかわからないからって書かなかったら、なおさら上達しません。そして同じボツなら一年でプロットを12本作るより、一年で2本か3本でも完成品を書いた方が、将来的に上手になれる気がします。プロットの打ち合わせって『ここをこうした方がいい』とか『ここをこうしよう』みたいな、ダメ出しと希望的観測ばっかりで萎《な》えるしね」

反対側に首を傾げるアイミ。

「丸ごと完成品だと違うの？」

「ダメな部分に加えて、『この場面が良かった』とか、『このネタは意外性があった』とか、『ここの表現がうまい』とか、プラスの部分も指摘《してき》してもらえるのよ。自分のダメな部分を自覚できる以上に、自分のいい部分を発見できる可能性が非常に高い……もしダメな部分を直せなくても、いい部分を伸《の》ばすことで成功するチャンスが生まれるわ」

京子は食後の紅茶を一口。

「ていうかプロットの段階でボツ食《く》らうと『読みもしないで何言ってんだわかってねーな』みたいにイラッ♪てするし。それでもって打ち合わせのとおりに書いたのにダメ出しされた日には『だってあんたがこの前そう言ったじゃん！』みたいにプチッ☆てなるし。ほんっとにもう……」

アイミと同じ方向に首を傾げた如月。

「ダメな部分しか言われなかったらどうするんだ？」

「んなもん首根っこ引っ摑《つか》んででも言わせるのよ。これ読んでる編集者は次から言え。せっかく書いてやったんだから作家先生様をちょっとくらいいい気にさせるのよッ……！」

「書かせていただいてるはどうした」

京子の髪《かみ》を引っ張ったモリナガ。

「しかしまあ、文句だけならアンチでも言えますからね」

「首がクキッてなったわ」

「そうですか」

「……あとやっぱりプロを目指すくらいの人たちであれば売れた売れないより、実際の作品を読んでもらって、それについてレスポンスを受けるのが楽しいって部分があると思うのよ。そういう、創作本来の感動を忘れないためにもね。プロットや企画の段階でばっかりボツを受けるくらいなら本編を書いた方がスキルアップに繫《つな》がるし、お金も使わないし、イライラするのも一回だけで済むからオススメよ」

言い終えて、京子は空になったティーカップを置いた。

「はい!! 『現役《げんえき》プロ美少女ライトノベル作家が教える! ライトノベルを読むのは楽しいけど、書いてみるともっと楽しいかもよ!?』文庫書き下ろし用EX. ～そして人はプロとなり編集部との戦いの火蓋《ひぶた》は切って落とされり編～、いかがだったかしら! アイミ!!」

「おなかいっぱ～い♪ しあわせ～、ねむ～い……♡」

アイミがとろんとした目で、ふわふわ、ゆらゆらしていた。

「アイミ一人でチキン半分以上食べちゃったわね……はい如月!」

如月が真顔で言った。

「こんなの無理に書き加える必要があったのか? 本当に誰の何の役にも立たないんじゃないか?」

「どうせSeason. 1も2もほとんど役に立ってないから大丈夫《だいじょうぶ》よ。はいくみぽんさん!」

「創刊25周年を突破《とっぱ》したスニーカー文庫をこれからもよろしくお願いするでありますッ!!」

「営業を忘れない編集者の鑑《かがみ》ね! 最後にモリナガ!」

「所詮《しょせん》、京子と私たちの茶飲み話でしかないので、賢明《けんめい》な読者はあまり真に受けないようにお願いします」

京子は首肯。

「確かに長編一本、誰でも書けるものではないし、受賞となればなおのこと。専業として売れるのはさらに一握《ひとにぎ》りかもしれない。でも、ひょっとしたらその一握りというのはあなたかもしれない。ほんのちょっとでも、そんな未来に興味を持った人の背を押すために。わずかでも、未来に面白《おもしろ》いものを書く可能性の芽を摘《つ》まないために。なぜならば他《ほか》でもない私たちが、未来のあなたが創作した素晴《すば》らしい何かを楽しむために……あなたへ！　この言葉を!!」

せーのっ……！

「「「ライトノベルを読むのは楽しいけど、書いてみるともっと楽しいかもよッ——!?」」」

総集編　この本のまとめ

「って、まだあんのか」

「いやモリナガ、一応ね。こういう本のあるあるとして、読んでる最中はわかったような気になるんだけど最後の方になったらあれこれ忘れちゃって結局最初から読み返すのもめんどくさくてｂｏｏｋ　ｏｆｆ（動詞）」

「明らかにそんな感じで寄贈《きぞう》された本が私の図書館にもありすぎて困る」

「そんな悲しい過去を背負った人たちのために、最後のおさらいよ」

アイミがぽんと手を合わせた。

「わかったよ！　じゃあまずはSeason．1のおさらいからだね！」

「とりあえず書いて、『テンポ』と『距離感《きよりかん》』を摑みましょう」

……。

…………。

「え。京子《きょうこ》ちゃん、終わり？　超《ちょう》スキマ法とか、もっといろいろあったような……」

「超スキマ法はプロットを作りたい人向けのトレーニング方法だから、絶対必要というわけじゃないのよ」

そこに、瞬《まばた》きしながら如月《きさらぎ》が言った。

「なんだ、ほんとにいいのか？　じゃあSeason．2のおさらいはどうなるんだ？」

「読む人のことを考えて見直しましょう」

……。

「まあ確かにそんなことを言っていたが……、それだけでいいのか？　一割削減《さくげん》とかは？」

「一割削減法も、文章を見直すことを身に付けるためのトレーニングってだけよ」

そして京子はホワイトボードに書き連ねた。

1．とりあえず書いてみる。
2．読む人のことを考えながら見直す。

「……まあ、はっきり確実に、胸を張って絶対に重要と言えるものはこれだけね。冗談《じょうだん》抜《ぬ》きで、センスや才能がある人はこれだけやってればどのレーベルでも受賞できると思います。もちろん電撃《でんげき》もね」

「だ、大丈夫でありますか、京子先生……？」

「責任は全部編集部に行くから私は大丈夫。この先まだ続くけど、おさらいしたいだけの人はここで切ってもらっても大丈夫よ。『書いたら、見直す』。簡単でしょ」

さて。

「じゃあこの本で扱《あつか》わなかった技術論的なもの。たとえば文法とか人称《にんしょう》とか場面構成とかどんな主人公が良いとか登場キャラは何人までとかはどうなのか？　個人的には、そうした言葉で説明できる程度の要素というのは『ネタ』や『設定』なんかと同じ、物語の構成要素そのものなので、あまり他人が口を挟《はさ》むべき事柄《ことがら》ではないように感じます。いちいち言われなくても書いてるうちに自分で気付くか、自分のスタイルとして自然と身に付くことなので、素人のうちは気にしなくても大丈夫。デビューしてからでも編集者が教えてくれたり、最悪勝手に直してくれます」

「いやいやいやいや、さすがに勝手には直さないでありますよ!?」

「でも常識的に考えて、編集者でもアドバイスできるようなことをうまく書けたところで、新人賞の評価にはさほど繋がりません。だったら編集者が直しても商品としては同じことだからね。では審査《しんさ》員は何を見ているか。もちろんそれ以外の口では教えられない部分です。つまり、その人にしかないセンス。他のレーベルにはいない才能。読者が今まで読んだことのない物語を生み出せるか否《いな》か。とどのつまり編集部が欲しいのは数百万部突破を狙《ねら》える場外ホームラン、もしくはインコース目一杯高め直球１７０㎞／ｈのこめかみ直《ちょく》撃《げき》コースのみ――!!」

「大味な試合だな、おい」

「待てモリナガ、大味以前に打者が死ぬから試合にならないぞ」

「くみぽんさんは野球のこと詳《くわ》しいの？」

「もちろん、会社からドーム球場まで一駅でありますからね。ベイスターズとかヨコハマとか、知ってるでありますよ」

そんなことを聞き流しながら京子は続ける。

「なら口では教えられないことはどうしようもないのかしら？　個人的には、本当にどうしようもないと思います。結局は自分で書いてみて、自分の目指す方向へ磨《みが》いていくしか方法はないと思います」

ただし!!　と京子はホワイトボードに書き殴《なぐ》った。

「ただし、書いてさえいればセンスは確実に磨かれます。これは絶対です。技術的な部分についても書かずにプロットの段階で飽《あ》きたり諦《あきら》めてばかりいるよりは、10枚書いて投げ出す方がちょっとずつでも上達していきます。そして書き続ける中で、自分の表現したいことに技術が追い付いていないと気付いたとき……読者の視線で見直したときに、『これでは自分のイメージしているとおりに読者さんに伝わらないのではないか？』と感じることができれば、伝わりやすいように工夫《くふう》するはずです。そうして読者視点に立ったときに生まれる工夫こそが、誰《だれ》にも教えられない、『あなただけのテクニック』。あなたが考え、あなたが導き出した結論。それこそが本当の意味で実践《じっせん》的なプロの技術であると同時に、作家としての真の個性に繋がるものです。正直それ以外の技術というのは、文芸文学作品でもなければどうでもいいかなーと思います」

ほうほう、とモリナガ。

「では結局この本は、とにかく書いてみることの意味を延々数百ページにわたって解説、蛇足《だそく》を加えただけのもの……ということなのですね」

「そういうことね。で、要約するとさっきの2行。かんたん。らくちん」

ホワイトボードを示しながら。

「もちろん、この2行を実行できたからといって受賞できるかはわからないし、逆にできないからって諦めろなんて言う権利も……まああなたのお父さんとお母さん以外にはないし、その辺はお好みでいいと思います。ただ、所詮ライトノベル、たかがラノベ屋ごとき、人生をなげうつほどのものではない……ということだけは忘れずにね」

「……京子ちゃんって」

「ん？　何、アイミ？」

アイミが素朴《そぼく》な表情で問い質《ただ》す。

「自分はライトノベル作家なのに、あんまりライトノベルのこと……っていうか、ラノベ作家のこと？　良く言わないよね。なんで？」

如月が頷《うなず》いた。

「そうだな。なるなら勝手になれとか、書きたいなら好きに書けという感じで、他の本みたいに『なろう！』とか『目指せ！』とかあんまり言わなかったな」

「だって常識的に考えてそうでしょ。どんなに上手に書いたって文学作品のように評価されるわけでもなく、どんなに売れたところでマンガほど稼《かせ》げるわけでもないのよ。そして、それはなぜかというと、そのどちらほども技術も才能も必要ないから」

静かに一呼吸置いてから、京子は涼《すず》やかな眼差《まなざ》しで言った。

「そうね。どうせ最後だからはっきり言いましょう。どっちかというと今の時代、そのどちらも目指せない人が『逃《に》げ』でライトノベルの新人賞に群がっている部分も、あるんじゃないかしら。文才もない、絵も描《か》けない、でもラノベってなんか流行《はや》ってるみたいだし、これくらいなら自分にも書けそう……。今ここを読んでドキッとした人、いないかしら」

黙《だま》って話を聞いていたモリナガが珍《めずら》しく、フッと小さく笑った。

「京子にしては随分《ずいぶん》と大それたことを言いましたね。ですがその根拠《こんきょ》はあるのですか。でなければ、今までのような冗談《じょうだん》では済まされない発言なのではありませんか」

「いや、林先生がそうだったから」


「「おいッッッ!!!!」」

「逃げが悪いとは誰も言ってないでしょ。いいのよ、それでも。キッカケなんて何でもいいの。文学は難しくて興味を持てない。ならそれは仕方ないじゃない。マンガを描いてみたいけど、ペンを持ってても絵がなかなか上達しない。だったらそれも仕方ないじゃない。でも、何か創作してみたい。自分だけの世界を思い描くのが好き。空想で遊ぶの大好き。純文学みたいに人の内面を掘《ほ》り下げることはできないけど、マンガみたいな戦う話なら思い付く。絵は描けないけど、こんなキャラクターたちの話を思い付いた。いま、すぐに、それを表現してみたい！」

京子は太陽に向かって大きく腕《うで》を広げた。

「だから純粋《じゅんすい》に、ただ思い付いたままに、それを活字に落とし込んでみた……特別な技術も才能もなくても、それを『作品』として許容してくれる。それがライトノベル」

「……そういえば私もアイミも、何の経験もないところから、京子に言われるまま書いてみただけだったな」

思い起こすような如月の言葉。

すでにその日を懐《なつ》かしむように、アイミが頷いた。

「確かに特別な技術や道具がなくても、思い付いたその日のうちに、いきなり書き始めることができたね。うん。京子ちゃん」

「ね。最近、『ライトノベル』というのは商品のパッケージングとしての呼称《こしょう》みたいな見方が定着しているけど、書き手の立場としては、ライトノベルとは『アニメやマンガのようなキャラクターを活字上で動かす』、表現手法の一種だと思っています。とか言うとライトノベルなどという幼稚《ようち》なものを活字とは呼ばない、なんて言い出す人もいるけど、そういう偉《えら》い人はこんな本読まないと思うのでみんな黙っててね。読んでもたぶん『処女作品』の辺りで壁《かべ》に投」

「京子先生。先生、脱線《だっせん》気味であります」

「ごめんなさい。えーと、そういう学術的な厳密性や作法、伝統、品格等を必要としない、だから何にも抑制《よくせい》されず、ひらがな、カタカナ、漢字、英数字、記号、ＡＡ、その他、印字可能なおよそ全《すべ》てのフォントの無制限な使用さえ許される、日本だからこそ生まれ得た世界で最も自由な活字メディア。この本で扱ってきたライトノベルとは、そういうもののことを指します。だから書きたいことを思い付いたら、なんでも書いてみていいのよ。プロットだってあった方がいいってだけで、作成を法的に義務付けられているわけじゃないんだし、書いちゃえ書いちゃえ。ただ電撃やガガガで新人賞を狙うお前らのデビュー作がアニメ化された挙げ句ＳＡＯ級に爆裂超《ばくれっちょう》ヒットするかまでは知らないというだけで」

　モリナガが言った。

「ならば問います。技術も才能も必要としない、ゆえにラクガキじみた稚拙《ちせつ》な文章しか書けない者が、商業作家として存在する意義とは何か」

「では答えましょう。書く側に技術も才能も必要としないが故《ゆえ》に、読む側にさえ高等な語彙《ごい》力や特別な読解力を求めない、即《すなわ》ち純文学を頂点とした活字文化の最も敷居《しきい》の低い部分を担《にな》っているのが……我々、ライトノベル作家と呼ばれる者ではないかと思います」

アイミは力強く頷いた。

「存在意義は、あるんだね」

京子は微笑《ほほえ》む。

「ええ。たとえ高尚《こうしょう》ではなくても、それを読んだ読者さんが面白《おもしろ》かったとか、楽しかったとか、感じてくれたなら……いま、世の中にライトノベルというジャンルが隆盛《りゅうせい》を極《きわ》めていて。そして、その中で創作し、表現する意味はあるんじゃないかしら。それがたとえ誰に見せるのでもない、趣味《しゅみ》の小説であったとしてもね。書いたあなたが楽しい気持ちになれたのなら、それが何より素敵《すてき》なことなのよ」

羅延の森には、今日も燦々《さんさん》と日差しが降り注いでいる。

あとがき

何かをやってみたいと思っても、その準備以前の下調べの段階においてあれをしちゃダメこれもやっちゃダメと言われて身動きが取れなくなったり、めんどくさくなって諦《あきら》めてしまうことは何かと多いと思います。でも、ラノベに限ればそういう作法や制限はありません。登場キャラなんて何人いてもいいですし、展開や構成なんてどうでもいいのです。もちろん突《つ》き詰《つ》めていけば「キノの旅」や「ブギーポップ」シリーズのような一種の芸術的領域まで踏《ふ》み込むことが可能です。しかし一方でまた、私が勢いだけで書くラクガキまで一緒《いっしょ》くたにライトノベルと呼ばれていることも事実であり、ならばこそ、あなたが書いた作品もまた、そのライトノベルという広汎《こうはん》なくくりのどこかには入るのです。

プロでも素人《しろうと》でも、根は同じことをして楽しんでいる、同じ創作者である……そう思っての執筆《しっぴつ》も、また楽しいのではないでしょうか。

スニーカー編集部m編集長にはWEB連載《れんさい》についての相談時点より、多大なるご理解とご協力を頂きました。おかげさまでこの作品を発表できたことは、私の人生の中でもとても意義深く、貴重で楽しい経験となりました。ありがとうございました。

同じく担当編集者のIさん、連載時、並びに今回の文庫化にあたっての作業、本当にお疲《つか》れ様《さま》でした。この作品がカタチとなったのはIさんの尽力あってこそです。今後も他作品で何かとお力添《ちからぞ》えをお願いするかと思いますが、よろしくお願いいたします。

イラストレーターの春日歩《かすがあゆむ》さん、連載時より数々の素晴《すば》らしいイラスト、ありがとうございました。小説はほぼモノクロの世界なので、毎回フルカラーで挿絵《さしえ》が見られるというのは幸せな体験でした。機会があれば、是非《ぜひ》またお仕事をご一緒できればと思います。

最後に読者の皆々様《みなみなさま》、連載からの長らくのお付き合い、本当にありがとうございました。おかげさまで本になりました。定価×刷った部数の10%が、私の口座をスルーして義援金《ぎえんきん》として寄付されます。遅《おく》ればせながら、ちょっとは世間様のお役に立てたらいいなと思うと同時、熱心な応援《おうえん》でその機会を作ってくださったみなさんに感謝しきりです。

京子《きょうこ》たちのお話はこれで終わりますが、書かなくても、読まなくても、ラノベ原作のコミックやアニメを見るだけでも。もちろんエロ同人でもいいのです。

みなさんそれぞれのライトノベルの楽しみ方が、より良いものになりますように。

２０１４年２月　　林　トモアキ

＊この物語はフィクションです。また情報はすべて２０１４年４月現在のものです。

『京子』
お買いあげ
ありがとうございます♡

現役《げんえき》プロ美少女《びしょうじょ》ライトノベル作家《さっか》が教《おし》える！ライトノベルを読《よ》むのは楽《たの》しいけど、書《か》いてみるともっと楽《たの》しいかもよ!?

著　林《はやし》 トモアキ

角川スニーカー文庫　18487

2014年4月1日　初版発行

発行者　山下直久

発行所　株式会社KADOKAWA
〒102-8177 東京都千代田区富士見2-13-3
電話　03-3238-8521(営業)
http://www.kadokawa.co.jp/

編　集　角川書店
〒102-8078 東京都千代田区富士見1-8-19
電話　03-3238-8694(編集部)

印刷所　株式会社暁印刷
製本所　株式会社ビルディング・ブックセンター

Printed in Japan　ISBN 978-4-04-101299-4　C0193

★ご意見、ご感想をお送りください★
〒102-8078 東京都千代田区富士見 1-8-19
株式会社KADOKAWA　角川スニーカー文庫編集部気付
「林トモアキ」先生
「春日歩」先生

角川文庫発刊に際して

角川源義

第二次世界大戦の敗北は、軍事力の敗北であった以上に、私たちの若い文化力の敗退であった。私たちの文化が戦争に対して如何に無力であり、単なるあだ花に過ぎなかったかを、私たちは身を以て体験し痛感した。西洋近代文化の摂取にとって、明治以後八十年の歳月は決して短かすぎたとは言えない。にもかかわらず、近代文化の伝統を確立し、自由な批判と柔軟な良識に富む文化層として自らを形成することに私たちは失敗して来た。そしてこれは、各層への文化の普及滲透を任務とする出版人の責任でもあった。

一九四五年以来、私たちは再び振出しに戻り、第一歩から踏み出すことを余儀なくされた。これは大きな不幸ではあるが、反面、これまでの混沌・未熟・歪曲の中にあった我が国の文化に秩序と確たる基礎を齎らすためには絶好の機会でもある。角川書店は、このような祖国の文化的危機にあたり、微力をも顧みず再建の礎石たるべき抱負と決意とをもって出発したが、ここに創立以来の念願を果すべく角川文庫を発刊する。これまで刊行されたあらゆる全集叢書文庫類の長所と短所とを検討し、古今東西の不朽の典籍を、良心的編集のもとに、廉価に、そして書架にふさわしい美本として、多くのひとびとに提供しようとする。しかし私たちは徒らに百科全書的な知識のジレッタントを作ることを目的とせず、あくまで祖国の文化に秩序と再建への道を示し、この文庫を角川書店の栄ある事業として、今後永久に継続発展せしめ、学芸と教養との殿堂として大成せんことを期したい。多くの読書子の愛情ある忠言と支持とによって、この希望と抱負とを完遂せしめられんことを願う。

一九四九年五月三日

スニーカー大賞
作品募集中！
あなたの『面白い』を
形にしませんか？
賞金
大　賞 300万円
優秀賞 50万円
特別賞 20万円
春の締切 5月1日
秋の締切 10月1日
一次選考通過者（希望者）には
編集者&選考委員の熱い評価表をお届け！
応募の詳細はザ・スニーカーWEBにて！
http://sneakerbunko.jp/
イラスト／ユキヲ　キャッチ考案／春日部タケル